张丽钧 著

蝴蝶的
一个吻触

作家出版社

图书在版编目（CIP）数据

蝴蝶的一个吻触 / 张丽钧著 . -- 北京 ：作家出版社，
2015.5（2021.7 重印）
ISBN 978-7-5063-7957-1

Ⅰ . ①蝴… Ⅱ . ①张… Ⅲ . ①散文集 – 中国 – 当代 Ⅳ .
①I267

中国版本图书馆CIP数据核字（2015）第 074722 号

蝴蝶的一个吻触

作　　者：张丽钧
责任编辑：省登宇
装帧设计：张亚群
出版发行　作家出版社有限公司
社　　址：北京农展馆南里 10 号　　　　邮　　编：100125
电话传真：86 – 10 – 65067186（发行中心及邮购部）
　　　　　86 – 10 – 65004079（总编室）
E – mail: zuojia@zuojia. net. cn
http: // www. haozuojia. com
印　　刷：三河市紫恒印装有限公司
成品尺寸：142 × 210
字　　数：170 千
印　　张：9
印　　数：45001 – 48000
版　　次：2015 年 5 月第 1 版
印　　次：2021 年 7 月第 10 次印刷
ISBN　978-7-5063-7957-1
定　　价：28.00 元

世间最细腻、最别致的敲击

与世间最细腻、最别致的吻触，

大约都是最能拨动人心弦的东西吧？

目录

第二辑　来自蝴蝶的一个吻触

世间最细腻、最别致的敲击与世间最细腻、最别致的吻触，大约都是
最能拨动人心弦的东西吧?

第三辑　海棠花在否

冰欺雪侮，夺了你枝上的颜色，你却以焦枯之躯，勤心供养出酬酢季节的娇美花串。

第四辑　这个星球有你

被误解的痛，幻化成一条细到可以忽略不计的蛛丝，随手抹掉或者交付风儿，都可以微笑着接受。

第五辑　小时候的云彩

如果我偶一抬头，碰巧看到一朵真实的白云美美地嵌在干净的玻璃窗上，那我该多么欣喜……

第六辑　生命本质的香

就算树上没有花，我们也一定能够嗅到一种生命本质的香啊！

第七辑　心灵洞箫

头顶一方青天，脚踏一片大地，我在天地之间从容行走。

第八辑　创造月亮

给月亮一个升起的理由，给自己一个快乐的机缘，让我们揣着月朗月润的心情，走在生命绝佳的风景里。

代序

没有一天不值得记述

办公室搬家的时候，同事拿来了一个藤箱，说："先把金银细软放进这个箱子里，其他无关紧要的东西我们帮你收拾。"我领受美意，赶忙将自己认为重要的东西一件件放进了藤箱。除了笔记本电脑、教案、光碟、十几本珍贵的签名书之外，就是六本日记了。同事笑我："这几个破旧的日记本里是不是装着青春的秘密？"我笑答："那是次要的，最重要的是，它们装着我'孤本'的日子。"

我是一个酷爱跟自己"对话"的人，感谢日记，忠实地记录下了我与自己的一段段对话。随便翻开一页，某一个日子的"标本"就生动地呈现于面前了。重温一遍，等于奢华地又过了一遍那个日子。

多少次，我在日记中责备那个慵懒的自己："我的日记要沦为周记、月记、年记了么？"责备之后，日记便又乖乖地成为了真正意义上的"一日一记";但不久,又出现了空缺的日子。不记日记的日子,定然是忙乱的,那么多的事务都赶来胁迫我,叫我做不成那个在纸页上与自己娴雅对话的自己。如果说,那些缺页带给当年的我的是一个遗憾,那么,今天它已上升为一万个遗憾。我跟岁月深处的那个人说:"你真的有那么忙吗?还是觉得日子太过雷同,不值得记述?不管是什么理由,你跋扈地剥夺了今天幸福地重温那些黯然隐去的日子的权利,都是一种绝顶的愚蠢!"

日子被写进日记,尘屑就获得了成为金子的机缘。在日记里,所有的甜,都可以化成蜜,所有的苦,都可以酿成酒。

后来,电脑普及了,我开始在电脑上记日记,日记的形式也有了改变,我往往会为这一天给我触动最深的一个人、一件事"造像"。把这些东西寄出去,编辑居然很喜欢,于是,许多"日记变体"的文章得以发表。

这些年下来,我发表的文章已达数千篇。我的文章,大多是采撷于平常日子的叶片,将它们汇集起来,我就看到了一大片令人欣幸的葳蕤。

我是一个从日记中走出来的作家。我所写的文字,第一个感动的就是我自己。我啜饮着自我调制的饮品成长,骨骼强壮,心地纯净,笑容美好。我以为,日记能拿出与人分享,是日记的福分;日记不便拿出与人分享,是自我的福分。

如果我们觉得哪个日子过于苍白,根本不配走进日记,那就证明我们需要丰富自己的心灵生活了。在我看来，真正有价值的日记，不是记述"今天干了什么"，而是记述"今天想了什么"。让我们的思想留下它珍贵的辙印，这是对自我的尊重，更是对岁月的酬酢。

没有一天不值得记述。明白了这一点，你的日记就可以摇曳生姿，你就可以期望被日记托举起一段不乏光彩的人生。

第一辑
爱的盛宴

母亲摆出一场爱的盛宴，只等着她心爱的小鸟来啄。幸福的小鸟啊，你无需刷卡，只管用欢畅的啄食来尽情享用这人间的珍馐吧。

浇 花

上帝爱他的花园，大概，他也会用清水、微笑和歌声来浇花吧？

阳台上的双色杜鹃开花了，终日里，妖娆的红色与雅洁的白色争艳，静静的阳台显得喧嚷起来。

妈妈提来喷壶，哼着歌儿给花浇水。她在看花儿的时候，眼里漾着笑，她相信花儿们能读懂她这份好感，她还相信花儿会在她的笑容里开得更欢——她用清水、微笑和歌声来浇花。

儿子也学着妈妈的样子，拎了喷壶来给花儿浇水——呵呵，小小一个男孩子，竟也如此懂得怜香！

一天，妈妈仔细端详她的花儿，发现植株的旁侧生着几株苗壮的杂草。她笑了，在心里对那杂草说："几天没搭理你们，偷偷长这么高了？想跟我的杜鹃抢春光，你们的资质差了点！"这样想着，俯下身子，拔除了那杂草。

儿子回到家来，兴冲冲地拎了喷壶，又要给花儿浇水。但他跑到阳台上，却忍不住哭叫起来："妈妈，妈妈，我的花儿哪里去了？"

听到哭闹，妈妈一愣，心想莫非杜鹃插翅飞走了？待她跑来，却发现杜鹃举着笑脸，开得好好的。妈妈于是说："儿子，这花儿不是在这儿吗？"

儿子哭得更厉害了，"呜呜……那是你的花儿！我的花儿没有了！"

妈妈见儿子绝望地指着原先长草的地方，顿时就明白了，说："儿子，那哪儿是花呀？那是草，是妨碍花儿生长的草！妈妈把它拔掉了。"

不想儿子却说："我天天浇我的花儿，它都开了两朵了！呜呜……"

妈妈疑惑地把那几株杂草从垃圾桶里翻捡出来，发现那蔫蔫的叫不上来的植物确实开着两朵比叶片颜色稍浅的绿色小花儿。妈妈心想：原来这样不起眼的植物在孩子心中也是花儿，我怎么没有意识到呢？她的心温柔地动了一下，俯下身子抱起孩子。

"对不起，妈妈不该拔掉你的花儿。儿子，你真可爱！妈妈要替这两朵小小的花儿好好谢谢你，谢谢你眼里有它们，谢谢你一直为它们浇水；妈妈还要替妈妈的花儿谢谢你，因为你在为你的花儿浇水的时候，妈妈的花儿也沾了光！"

后来，妈妈惊讶地发现，这个世界上被忽略的花儿真多！柳树把自己的花儿编成一个个结实的绿色小穗，杨树用褐色的花儿模拟虫子逗人，狗尾草的花儿就是毛茸茸的一条"狗尾"，连蒺藜都顶着柔软精致的小花儿与春风逗弄……上帝爱他的花园，大概，他也会用清水、微笑和歌声来浇花吧？并且，他会和孩子一样，不会忽略掉哪怕是最不起眼的一株植物的一抹浅笑……

摘棉花

今天的我多么迷恋纯棉。一想到身上的丝丝缕缕原是田间一朵朵被阳光喂得饱饱的花，心中就涨满暖意。

坐在去石家庄的汽车上，透过车窗看到外面一大片棉花地，白花花的棉花一朵朵从"棉花碗儿"里膨出来，不由地想，这是谁家的棉花？怎么还不摘呢？再不摘就开"大"了啊！这个想法一冒出来，竟满心焦灼，恨不得喊司机停车，奔到棉花地里，帮人家摘了那棉花。

长这么大，只摘过一回棉花，却独自回味过一万回。那一年，我刚上初中，在一个叫南旺的村子里，哭着喊着要表姐带我去摘棉花。表姐拗不过，便带我去了。秋阳之下，好一片望不到边的棉海！在地头，表姐为我在腰里系了个蓝白格子的包袱皮儿，贴腰的那面勒得紧，外面则松松地张了口，以便往里面装棉花。表姐腰里也系个同样的包袱皮儿，边摘棉花边为我讲解摘棉花的要领——下手要准，抠得要净，棉花碗儿里不能丢"棉花根儿"。我一一记下，心说，这不忒简单！开始摘了，手却笨笨的，一摘就把棉絮抻得老长，棉花碗儿里还丢了不少的棉花根儿。为了摘干净，我不得不用左手牢牢托住棉花碗儿，右手一点点抠棉花根儿。表姐看我摘得拙，笑死了，跑过来为我示范——眼到手到，左右开弓，同时摘两朵棉花，指尖带了钩儿一样，轻轻一抠，棉花碗儿就溜光地见了底儿；双手各存了四五朵棉花后才一并塞进包袱……不一会儿，表姐的包袱就鼓起来了，怀孕一般，拿手托着包袱底，腆着肚子回到地头，把一包袱棉花倒在一个大包袱皮儿里，轻了身回来继续摘……整个半晌，我光顾得叫唤"这朵棉花大""那朵棉花美"了，收工时竟没有摘满一包袱棉花，手却被扎得稀烂。

离开那片棉田许多年后，我依然会做摘棉花的梦。我梦见自己弹钢琴般地弹着洁白的云朵，手指如飞地采摘着棉花。我腰间的包袱鼓鼓的，怀孕一般。即便从梦中醒来，我还会意犹未尽地缩在被窝里模拟摘棉花，鹰爪一样蜷了十指，试图一次钩净冥冥中那粘附在碗底儿的棉花根儿。我自信通过醒时梦时恁般不懈演练，我的摘棉技术定然已是突飞猛进，真盼着有机会再跟我那牛表姐较量一番。

我的表姐却着实攥牢了我的把柄，只要一见着我，不管当着多少人的面，立刻活灵活现地向大家表演我一手托着棉花碗儿、一手抠棉花根儿的丑态。那些庄稼把式们看了，无不解恨地冲着我狂笑，臊得我抓起一把瓜子，稀里哗啦地扬到表姐身上。

在远离棉田的地方，我操作着电脑，带一群美术生欣赏齐白石的画作。讲到《棉花》时，我动情地说："你们可以忘掉今天的课，甚至可以忘掉我，但是，我拜托你们一定记住齐白石这幅《棉花》的题款——'花开天下暖，花落天下寒'。在这个世界上，能画棉花的人很多，能说出这个妙语的却唯有齐白石。在我看来，只有一个真正懂得感恩的人才能对棉花唱出这么美妙的赞歌。棉花，是一种站在穷人立场上对严寒大声说'不'的花，是一个还没有学会涂脂抹粉的乡下女孩儿，是大地献给人类的至宝。"

一位母亲带着她的儿子去乡下，回来告诉我说："我儿子摘了一朵棉花，举到我面前说，妈妈，我敢肯定，它是纯棉的！"我跟了一声笑，又蹙了一下眉。想起"的确良"刚面市的时候，我多么钟爱这种跟棉无关的神奇织物啊！穿了一件豆绿色的的确良绣花上衣，美得不行。学校让搬砖，我把一摞红砖远远地端离了新衣，吃力地跛着走。偏偏班主任是个"X光"眼，一眼就看穿了我惜衣心切，伊的刀子嘴便派上了用场，在班会上对我百般奚落……的确良被丢在了岁月的辙痕里，今天的我多么迷恋纯棉。一想到身上的丝丝缕缕原是田间一朵朵被阳光喂得饱饱的花，心中就涨满暖意。

一次跟儿子打越洋电话，我说心情差。他说："去旅游吧，山水最能抚慰人。"我说："我怎么突然就理解你三舅姥爷了——他心里一难受，就从广州飞回老家，跑到谷子地里去，跟谷子们说话儿。"儿子笑起来，"哟，老妈，莫不是你起了归农之意？"

　　——嗯，反正要是能让我到甭管谁家的地里去摘上半晌棉花，我会乐。

不焚身，不甘心

每一滴水，都怀着扑灭冲天大火的热望，不焚身，不甘心。

悲伤的父亲坐在我们对面，眼角带着泪花。他说："我们全家商量好了，放弃手术。"

我们谁都没搭茬。

他接着说："车祸造成孩子颅内出血，内脏都有不同程度损伤，但这问题都不大，最要命的是伤到了脊椎，脊髓断裂，就算是手术成功，也要高位截瘫，生活不能自理；肇事司机家境也不富裕，他开的是别人的车，那车只交了'交强险'，司机说他准备去坐大牢了；我是个残疾人，孩子的妈妈又体弱多病。长痛不如短痛吧。唉，往后，老师们也就别再惦记着他了……"

半晌，有个老师问："孩子一直处于昏迷状态吗？"

悲伤的父亲说："昨晚清醒了片刻，叫了声'妈妈'，迷糊中还说'要橡皮'……"

我流泪了。

我们都流泪了。

我想问："如果孩子再清醒一点，如果孩子开口恳求'救救我吧'，那可怎么办？"但是，话抵到舌尖，又被我强行咽了下去。毕竟，这或许是这对悲伤的父母所作出的最明智的选择。

我们没敢贸然拿出事先准备好的一袋子捐款。我们不敢用这些钱去干扰这个不幸家庭和血和泪所作出的决定。

那就让它换一种方式去撑起这个风雨飘摇的家吧。

大约三个钟头之后，悲伤的父亲又来了。他说："真对不住！我们又开了个家庭会议，我们决定把家里的两头奶牛卖了，孩子的舅舅说要把自家的房子卖了。我们要给孩子做颈椎手术！"

我们几个人几乎同时冲过去，拉住了那位父亲的手，大家一起笑着，但每个人，都已泪流满面。

我们把那袋捐款拿了出来。直到这时我才明白，它们，压根就不是为了别的目的聚拢到一起来的。就算它们还可能派上更为合理的用场，就算它们能换来一个少年九泉之下的含笑，它们也是怅恨的。因为，它们就是为了牺牲而来，每一滴水，都怀着扑灭冲天大火的热望，不焚身，不甘心。

爱的盛宴

母亲摆出一场爱的盛宴，只等着她心爱的小鸟来啄。幸福的小鸟啊，你无需刷卡，只管用欢畅的啄食来尽情享用这人间的珍馐吧。

我过去教过的一个正在读大四的学生，放寒假后到学校来看我。我问他："回到家感觉好不好？"他说："感觉最深的一点就是，吃饭不用刷卡！"我哑然失笑。他却认真地说："真的，老师，说起来有点俗，可我感觉最深的确实是这一点。您知道吗？我毕业后打算到欧洲去读研，到那时，想吃妈妈做的饭可就难了。不是跟您吹，我妈做的饭，称得上是世界一流！管够，还唯恐你吃不好！我妈劝起饭来没完没了，弄得我的减肥计划彻底泡汤，可我这心里头啊，却乐着呢！老师，我总记得您讲过的那个吃饺子的故事，一想起那个故事，我就把我妈妈做的饭品出了一种特别的滋味。"

我心头一热，说："难得你还记得它。"

我的确曾给这一届学生讲过一个发生在我朋友身上的真实故事——朋友在外地工作，长年不回，母亲盼啊盼，终于得到了儿子要在除夕之夜回到故里的喜讯。那天，在爆竹声中，母亲包好了三鲜馅饺子，等着儿子回来后下锅。馅儿是精心调制的，应该正对儿子的胃口。但是，母亲心里还是有些忐忑，她想预先知道这饺子的咸淡，便先煮了两个来品尝。一尝之下，母亲大惊失色，饺子馅儿里竟然忘了放盐！看着两屉已包好的饺子，母亲绝望至极，她知道可以让儿子蘸着酱油吃，她也知道即便蘸着酱油吃儿子也会欢呼"好吃死了"，可她不愿意让千里迢迢赶回家来的儿子吃到有缺陷的饺子，怎么办？这个聪慧的母亲，居然从邻居那里讨来了一个注射针管，调好盐水，开始逐个给饺子"打针"。儿子回到家时，饺子也注射完毕。母亲煮好了饺子，让儿子尝尝饺子的味道如何。儿子尝了，连说"好吃"。这时候，母亲得意地举起那个针管给儿子看，向儿子夸耀说她可以将一个缺陷修复得让他察觉不出来。可是，儿子听着听着就哭了，他在想，这些年，他一个人在外面打拼，也曾吃过很多饺子，那些饺子，咸的咸，淡的淡，他都咽下去了，有谁能像母亲这样在意他的口味？为了让儿子吃到咸淡适宜的饺子，母亲竟想出了这样高妙的法子。吃着这交织着母爱与智慧的饺子，哪个孩子能不动容？

我多么欣慰，几年前，我将这样一个暖心的故事植入了孩子们的心田，我本不指望收获什么，甚至以为那些听故事的人很快就会将它淡忘。但是，这个同学居然能把这则故事铭记这么久！我相信，铭记着这则故事的人会珍惜母亲做的每一餐饭，会在寡淡的饭菜中品出一种难得的真味与厚味。母亲摆出一场爱的盛宴，只等着她心爱的小鸟来啄。幸福的小鸟啊，你无需刷卡，只管用欢畅的啄食来尽情享用这人间的珍馐吧。

最年轻的一天

昨天的美丽羁绊着我们的手脚。恍惚中，竟以为可以等，以为在明天的某一方光影里可以镶嵌进一轮迷失于昨天的太阳⋯⋯

母亲总鼓励我穿红戴绿。她曾饶有兴味地指着一件让我看看都觉得怪不好意思的衣服鼓动我说："买下来吧！你穿上准好看！"她的声音是那么大，手指坚定不移地指向那件衣服。一时间，我觉得整个商场的人都把惊讶的目光投向了我们。我怀着比在大庭广众之下穿上了那件极不适合我的艳服还要羞辱的心，拖着母亲快速离开，然后有些气恼地对她说："我都多大了！那么艳的衣服，我怎么能穿得出去？"可是母亲却不以为然。她高声教训我道："今天，就是你从今往后最年轻的一天。你再也过不着昨天了。明天的你就比今天老了，后天呢，你又比明天老了——你还不赶紧趁着最年轻的一天穿点儿漂亮衣裳！"

从今往后最年轻的一天？好奇怪的说法啊！但仔细想想，可不是嘛，每个人都在过着他（她）从今往后最年轻的一天。昨天比今天光鲜，只是昨天已然逝去。那些花一般的笑影，跌进时光流淌的河里，永远不肯再回来照耀我们此时黯淡的心境。昨天的美丽羁绊着我们的手脚。恍惚中，竟以为可以等，以为在明天的某一方光影里可以镶嵌进一轮迷失于昨天的太阳……其实，怎么可能呢？开弓的箭永不可能回头。而那呼啸着向前的，正是箭一般的光阴啊！

想起那个名叫胡达·克鲁斯的老太婆，在七十岁的生日宴会上，她突然发现了自己正在享受着余生中最年轻的一天。她问自己：究竟，我还可以再去做点什么呢？在这样的自问中，她惶恐地发现自己的人生有一个很大的空白——她居然未曾尝试过冒险登山！她于是毅然拖着自己在别人看来已是老朽的身体去亲近高山险峰。此后的二十五年间，她一直在拼死填补着自己的人生空白，终于，在九十五岁那年，她登上了日本的富士山，打破了攀登富士山的最高年龄纪录。

我有点怕。怕自己笨拙的手抓不牢从今往后最年轻的一天。

在这最年轻的一天里，我希望自己微笑着面对镜子里的那个影像，欣赏她，悦纳她，不挑剔她眉宇间岁月的印痕；我希望自己在可以表达爱的日子里，细腻温婉地向所爱的人传达爱的信息，语言动听，动作轻柔；我希望自己永不熄灭攀登灵魂巅峰的热望，见贤思齐，见不贤而内自省，学习根须，静默但热烈地去拥抱那轮看不见的太阳；我希望自己保持孩童般神圣的好奇心，将大自然引为爱侣，永不减损端详一朵花时内心的无比悸动与无限怜惜；我希望自己保持敏感——对善意，对真情，对文字，对艺术，不因阅尽了人间春色就无视春色，爱着，感动着，朝前走。

　　母亲，感谢你提醒我今天是我最年轻的一天。我下定决心在这最年轻的一天里穿起艳丽的衣裳，当然，更要以艳丽的心情去做事、去生活。我，要捧给带我来到这世界的人一个艳丽的人生。

必然的抵达

当你拥抱远方的时候，你就拥抱了一个全新的自己。

孩子，那一年，你还未必会写"目标"这两个字，却似乎突然明白了为何而活。仿佛是在呓语，又仿佛是在宣誓，你说："我要当工程师！"天知道你小小的心究竟晓不晓得什么叫"工程师"，没准，你以为"工程师"就是一块可以吹得像气球一样大大的泡泡糖。但是，最初那一茎不经意的绿芽，在被父母千百次说笑着重复之后，竟成为了你羞赧地讲出一株真正的梦想之树。

我多次追问自己，莫非，不是你寻到了那个目标，而是那个目标寻到了你？或者，你们互相寻找，然后惊喜地拥有了对方？反正，那个目标开始小蛇一般明晃晃地跃动着，总诱着你的脚步向前。

你怀疑过自己。你曾沮丧地说："太多的人都比我优秀。"

你老是巴望着自己的名字排在成绩单的第一位，然而，你的前面，总有几个名字在那里晃啊晃，拦住你，不让你遂愿。我说："妈妈是做教师的，知道教育界有个著名的'第十名现象'，就是说，在班级里排名第十名左右的孩子以后是最有出息的。别气馁，你要生出与竞争对手较量人生最终得分的雄心。"你又说："妈妈，你和我爸爸都是学中文的，按照遗传学的原理，我似乎更适合学文科，可我偏偏选了理科。我觉得我好像是选错了。"我说："其实，妈妈的理科学得棒着呢！妈妈一直为自己选择了文科后悔呢。现在好了，你成了妈妈最好的后悔药。"

于是你微笑着前行，心儿的帆，鼓得满满的。

你寻梦寻得好辛苦。在万里之外的异国，我惊讶地发现你稚气未脱的眉宇间竟隐约有了一道只有母亲才能发现的细纹！我慌了。我问自己，这孩子究竟给自己的眉心施了怎样的压？须知，上万次的局部皮肤活动才能缔造一条皱纹啊！离别的时候，我郑重书写了《母亲至嘱16条》，令你贴于床头。其中一条，就是告诫你"不皱眉"的。我好怕在追梦途中，你被滑黠的窃贼窃走人生的快乐。我要你的眉梢永挑着欢笑。

后来，你戴上了博士帽。你告诉我说，你是你们高中同学中第一个拿到博士学位的。我立刻想到了那张曾被你万分看重的成绩单。孩子，你看，这一回，到底是谁的名字，当仁不让地排到了第一位？

再后来，你被允以可观的人生红利。你问我："我到底该不该去拿呢？"我记得曾跟你说过，生命，有一种粗略的计分方式，那就是金钱占有的多寡。而今，你突然拥有了这种并不惹人反感的得分机会，我自然不该拦你。但是，孩子，与你进一步接近自己的人生目标相比，我建议你舍弃这红利，我宁愿看你在更靠近目标的地方，乘着风，去追梦。

"远方除了遥远一无所有。"孩子，不要听信这样的话。相信吧，当你拥抱远方的时候，你就拥抱了一个全新的自己。只有卓异的耳朵，才可以听清远方的召唤；只有插翅的心灵，才可以饱览远方的胜境。

有时候你也会惶惑，抱怨说你与自己的目标互相背弃了，懵懵懂懂，甚至南辕北辙。我想提醒你的是，那一年，我们一起攀登峨眉山，蜿蜒的山路，有一截，居然是往回走的。你叫了起来："这离金顶不是越来越远了吗？"可是，峰回路转，柳暗花明，我们在走过那一段非走不可的"冤枉路"之后，必然地攀上了更高的山峰。

孩子，如今你已经成为了一名名副其实的工程师，而你的梦还远没有结束。那条明晃晃的小蛇，又在你前面跃动了吧？孩子，答应我，别拿自己的目标与他人的目标交换，别把目标兑成沉甸甸的金子，别怕目标在眼前的瞬间消失。只要你肯率先把一颗滚烫的心慨然交付远方，身体的抵达，是迟早的事。

为你，我说过多少颠三倒四的话

不曾被矛盾重重的想法折磨过的心，不是母亲的心。

一天，儿子突然对我说："妈妈，你跟我说的好多话，听起来都是自相矛盾的。"

我愣了一下。是这样吗？怎么会是这样？

嗯，好好想一想，为你，我究竟说过多少自相矛盾的话？

——我说："你要多吃一些啊！"我又说："你可别吃得太多啊！"总企图让你吃遍世上珍馐，又担心你不懂得节制，吃坏了身型吃坏了胃。出差的时候，习惯带一些当地小吃回来，哪怕你在万里之外，哪怕你半年之后才能回家，那也要放在冰箱里，等你回来吃；而当你父亲连篇累牍地往你碗里放红烧肉时，我竟会抢过来一些，怨责道："别给他那么多！"

——我说："你要快点走啊，千万别迟到！"我又说："别走太快，路上注意安全！"希望你永远不是那个在安静的教室外面嗫嚅地喊"报告——"的孩子，希望你无论与谁相约都永远先他（她）一步到达。但是，一旦你消失在我的视野中，我就开始用种种可怕的虚拟场景惊吓自己，担心你遇到不长眼的车，担心你只顾匆匆赶路没注意到前面的一道沟坎。我派自己的心追踪你，告诉你说："孩子，别急，慢慢走。"

——我说："你一定要做完了各科作业再睡！"我又说："别熬到太晚，早点休息吧。"我多么怕你把学习当成儿戏，我多么怕你成为一个不争气的孩子啊！面对着"抄写八遍课文"这样的"脑残作业"，我想说："去他的！别做了！"但话到嘴边却变成了"抄八遍就抄八遍吧"这样没心肝的句子。我好害怕你在抗议中滋长了对知识的轻慢不恭，所以，我宁愿选择暂时站在谬误的一边，看你平静地完成一份"脑残作业"。在大考将至的日子里，你埋头题海，懂事地克扣掉了自己的睡眠。你知道吗？当我说"孩子，睡吧"时，我心里却盼着你回答："妈妈，我再学会儿。"

——我说："衣服嘛，没必要太讲究，能遮羞避寒就可以了。"我又说："买衣服，别将就，好衣服能带来好心情。"我读大三那年，曾经被一条骄矜地挂在宣化人民商场的天价咖色裤子折磨得寝食不安……我好怕那样的不安也会来折磨你。我说："没出息的人才会甘当衣服的奴隶。"可是，当我看到你捡哥哥的旧衣服穿也欢天喜地时，我又忍不住为你委屈起来。当你到异地求学，我嘱你要学会逛服装店，为自己挑几件像样的应季服装。不料，你竟学着我的腔调说："没出息的人才会甘当衣服的奴隶。"

——我说："你千万不要早恋！"我又说："遇到个好女孩就该勇于向她示好。"我一遍遍教导你：人生，一定要遵从"要事第一"的原则；人生的每个阶段都只能有一首"主题歌"。所以，在你读高中的日子里，我近乎神经质地提防着每一个和你接触的女孩。当她们打来电话，我会很没素养地劈头就是一句："你叫什么名字？"后来，你赌气般地不再跟任何女孩交往了，我又开始担心你辜负了上苍的苦心赐予。我发短信告诉你说："记得妈妈曾告诫你：不要在一朵花前过久停留。但是现在，妈妈要隆重补充：特别卓越的花朵除外！"

——我说："孩子，你能飞多远就飞多远吧！"我又说："还有什么比一家人生活在一起更重要的事呢？"我曾嘲笑一个接了母亲班的女孩，说她们母女在单位的公共浴室里互相搓背简直是一道独特的凡间风景。我愿意看你远走高飞，不愿意让你始终窝在这座你出生的城市里。但当你独自沐浴了六载欧罗巴的阳光，当你如愿以偿地拥有了一顶博士帽，我却频频梦见你回归，在梦里，我清清楚楚地听见你说："妈妈，我已厌倦漂泊。"我也清清楚楚地听见自己说："孩子，回来吧，回来了我带你去东来顺吃涮羊肉！"

……

不曾被矛盾重重的想法折磨过的心，不是母亲的心。因为爱得太深，所以才会昧，才会惑，才会颠三倒四，才会出尔反尔。孩子，你可知道？当你走得太快，我祈盼着用爱截住你；当你走得太慢，我祈盼着用爱赶走你。所以，无论我说过多少自相矛盾的话，无论这些话让你觉得多么无所适从，我都希望你懂得我说这些话的出发点与归宿。

谁能脱口叫出你的芳名

鸟兽草木之名，其实是我们自己的别名。

"操场那边有一棵不知名的树，开红色的花，我们管它叫'高考花'，因为它一开花，就要高考了；西门旁边长着一片绿色的低矮植物，开白色的花，我们管它叫'开学花'，因为它一开花，就要开学了……"这是高二一个才女写的作文。头一回看到有人为花取这样的"绰号"，忍不住笑了起来。但笑过之后，又忍不住想跟作者说："你为什么竟舍不得走到那些植物跟前，去看看标牌上标注的它们的芳名呢？"这样想着，红笔就分别在"红色的花""白色的花"处画了圈，扯至页眉，郑重书曰：合欢花！玉簪花！

我友之子果果，三岁时，即能准确无误地指认出大街上跑的三十多种车，还能够分辨出二十多种不同牌子的空调。但是，没有人教果果认识身边的花草树木。

去一家苗圃选花。被告知那些花木分别叫"金娃娃""富贵竹""招财草""元宝树""摇钱树""发财树"……我呆了。它们原本都不叫这名字的，是时代赋予了它们这金光闪烁的名字。我想知道花木的感受。它们接受这名字吗？不接受的话会选择怎样的抗议方式？

只要听到一声鸟啼，我就会问自己："这是什么鸟呢？"我曾经跟一个爱鸟成痴的朋友说："你开一个网站吧，就叫'鸟啼网'，网友随便点开一种鸟，就能听到它的啼鸣。"——我多么渴望有这样一个网站呀！我的家乡有一种鸟，叫声响亮而悲切，外祖母管它叫"臭咕咕"，母亲管它叫"野鸽子"，妹妹说老师讲那是"斑鸠"，有个朋友肯定地说那是"大杜鹃"……真恨不得飞上树梢，脸对脸亲口问问那咕咕啼鸣的鸟："亲，你究竟叫什么名字？"

"花非识面常含笑，鸟不知名时自呼。"莫非，那苏轼也曾有过我这般的困惑纠结？看到不认得的花，问它：你是谁？咱们未曾谋过面哦，却为何对我这般笑脸相迎？听到不知名的鸟鸣叫，就猜：它一路呼唤着的，即是自我芳名了吧？——布谷不就痴情自呼吗？鹁鸪不就痴情自呼吗？

在迁西县城见过一只神奇的鹩哥，小东西居然会惟妙惟肖地模仿警笛声！囚笼中的它，旁若无人"呜儿——呜儿——"地鸣着警笛，围观者愈众，它鸣得愈亢奋。我以为我是懂它的——它只是在跟自己逗闷子，而不是像有人所说的那样在抖威风。

永远忘不了在梵净山看到的一块警示牌，上面赫然书曰："我们并不是这里的主人……"是啊，与人类的到来时间比较起来，草木来得更早一些，鸟兽来得更早一些。我们没有理由以"主人"自居。当我们以"过客"的身份来到这里，理应向"主人"致意，学会轻声对它们说："谢谢你在这里耐心等我。"

孔夫子说得好："多识于鸟兽草木之名。"在我看来，鸟兽草木之名，其实是我们自己的别名。万物间有千千结。当我们怀着一颗傲慢到跋扈、轻鄙到无视的心走过鸟兽草木时，我们已经对它们构成了"软伤害"；而这种"软伤害"带来的痛，迟早要蔓延到我们身上。

人说：叫出一个人的名字，是对那人别样的赞美。那么，对于鸟兽草木呢？谁能脱口叫出它们的芳名？谁还怀有脱口叫出它们芳名的热望……

可依靠的人

心的依靠才是超凡脱俗的使生命坚强的永远的依靠。

郭老师高烧不退。透视发现胸部有一个拳头大小的阴影，怀疑是肿瘤。

同事们纷纷去医院探视。回来的人说：有一个女的，叫王端，特地从北京赶到唐山来看郭老师，不知是郭老师的什么人。又有人说：那个叫王端的可真够意思，一天到晚守在郭老师的病床前，喂水喂药端便盆，看样子跟郭老师可不是一般关系呀。就这样。去医院探视的人几乎每天都能带来一些关于王端的花絮，不是说她头碰头给郭老师试体温，就是说她背着人默默流泪，更有人讲了一件令人不可思议的奇事，说他们经常敲东西，郭老师敲几下，王端敲几下，敲着敲着，两个人就神经兮兮地又哭又笑。心细的人还发现，对于王端和郭老师之间所发生的一切，郭老师爱人居然没有表现出一丝一毫的醋意。

于是，就有人毫不掩饰地艳羡起郭老师的"齐人之福"来。

十几天后，郭老师的病得到了确诊，肿瘤的说法被排除。不久，郭老师就喜气洋洋地回来上班了。有人问起了王瑞的事。

郭老师说：王端正是我以前的邻居。大地震的时候，王端被埋在了废墟下面，大块的楼板在上面一层层压着，王端在下面哭。邻居们找来木棒铁棍橇那楼板，可说什么也撬不动，就说等着用吊车吊吧。王端在下面哭得嗓子都哑了——她怕呀。她父母的尸体就在她的身边。天黑了，人们纷纷谣传大地要塌陷，于是就都抢着去占铁轨。只有我没动。我家就活着出来了我一个人，我把王端看成了可依靠的人，就像王端依靠我一样，我对着楼板的空隙冲下面喊：王端，天黑了，我在上面跟你做伴，你不要怕呀……现在，咱俩一人找一块砖头，你在下面敲，我在上面敲，你敲几下，我就敲几下——好，开始吧。她敲当当，我便也敲当当，她敲当当当，我便也敲当当当……渐渐地，下面的声音弱了、断了，我也迷迷瞪瞪地睡去。不知过了多长时间，下面的敲击声又突然响起，我慌忙捡起一块砖头，回应着那求救般的声音，王端颤颤地喊着我的名字，激动地哭起来。第二天，吊车来了，王端得救了——那一年，王端十一岁，我十九岁。

女同事们鼻子酸酸的，男同事们一声不吭地抽烟。在这一份莹洁无瑕的生死情谊面前，人们为一粒从自己庸常的心空无端飘落下来的尘埃而感到汗颜，也就在这短短一瞬间，大家倏然明了，心的依靠才是超凡脱俗的使生命坚强的永远的依靠。

不顾一切地老去

不饶人的岁月，在催人老的同时，也慨然沉淀了太多的大爱与大智，让你学会思、学会悟、学会怜、学会舍。

天光有些暗。我侧脸照了一下镜子，竟被镜中的影像吓了一跳。那个瞬间的我，像极了自己的母亲；一愣神儿的工夫，我越发惊惧了，因为，镜中的影像，居然又有几分像我的外祖母了。我赶忙揿亮了灯，让镜中那个人的眉眼从混沌中浮出来。

——这么快，我就撵上了她们。

母亲有一件灰绿色的法兰绒袄子。盆领，泡袖，掐腰，用今天的话说，是"很萌"的款式。大约是我读初二那年，母亲朝我抖开那件袄子说："试试看。"我眼睛一亮——好俏气的衣裳！穿在身上，刚刚好。我问母亲："哪来的？"母亲说："我在文化馆上班的时候穿的呀！"我大笑，问母亲："你真的这么瘦过？"

后来，那件衣服传到了妹妹手上。她拎着那件衣服，不依不饶地追着我问："姐姐，你穿过这件衣服？你真的那么瘦过吗？"

现在，那件衣服早没了尸首。要是它还在，该轮到妹妹的孩子追着妹妹问这句话了吧。

人说，人生禁不住"三晃"：一晃，大了；一晃，老了；一晃，没了。

我在晃。

我们在晃。

倒退十年，我怎能读得进去龙应台的《目送》？那种苍凉，若是来得太早，注定溅不起任何回音；好在，苍凉选了个恰当的时机到来。我在大陆买了《目送》，又在台北诚品书店买了另一个版本的《目送》。太喜欢听龙应台这样表述老的感觉——走在街上，突然发现，满街的警察个个都是娃娃脸；逛服装店，突然发现，满架的衣服件件都是适合小女生穿的样式……我在书外叹息着，觉得她说的，恰是我心底又凉又痛的语言。

记得一个爱美的女子曾说过这样一段话：揽镜自照，小心翼翼地问候一道初起的皱纹："你是路过这里的吧？"皱纹不搭腔，亦不离开。几天后，再讨好般地问一遍："你是来旅游的吗？"皱纹不搭腔，亦不离开。照镜的人恼了，遂对着皱纹大叫："你以为我有那么天真吗！我早知道你既不是路过，也不是旅游，你是来定居的呀！"

有个写诗的女友，是个高中生的妈妈了，夫妻间唯剩了亲情。一天早晨她打来电话，跟我说："喂，小声告诉你——我梦见自己在大街上捡了个情人！"还是她，一连看了八遍《廊桥遗梦》。"罗伯特站在雨中，稀疏的白发，被雨水冲得一绺一绺的，悲伤地贴在额前；他痴情地望着车窗里的弗朗西斯卡，用眼睛诉说着他对四天来所发生的一切的刻骨珍惜。但是，一切都不可能再回来了……我哭啊，哭啊。你知道吗？我跟着罗伯特失恋了八次啊！"——爱上爱情的人，最是被时光的锯子锯得痛。

老，不会放掉任何一个人。

生命，不顾一切地老去。

多年前，上晚自习的时候，一个女生跑到讲台桌前问我："老师，什么叫'岁月不饶人'啊？"我说："就是岁月不放过任何一个人。"她越发蒙了，"啊？难道是说，岁月要把人们都给抓起来吗？"我笑出了声，惹得全班同学都抬头看。我慌忙捂住嘴，在纸上给她写了五个字："时光催人老。"她似懂非懂地点点头，回到座位上去了。其实，再下去几十年，她定会无师自通这个词组的确切含义的。当她看到满街的娃娃脸，当她邂逅了第一道前来定居的皱纹，当她的爱不再有花开，她会长叹一声，说："岁月果真不饶人啊！"

深秋时节，握着林清玄的手，对他说："我是你的资深拥趸呢！"想举个例子当佐证，却不合时宜地想起了他《在云上》一书中的那段话：一想到我这篇文章的寿命必将长于我的寿命，哀伤的老泪就止不住滚了下来……这分明是个欢悦的时刻，我却偏偏想起了这不欢悦的句子。——它们，在我的生命里根扎得深啊！

萧瑟，悄然包抄了生命，被围困的人，无可逃遁。

离开腮红就不自信了。知道许多安眠药的名字了。看到老树著新花会半晌驻足了。讲欧阳修的《秋声赋》越来越有感觉了。

不再用刻薄的语言贬损那些装嫩卖萌的人。不经意间窥见那脂粉下纵横交错的纹路，会慈悲地用视线转移法来关照对方的脆弱的虚荣心。

柳永有词道："是处红衰绿减，苒苒物华休。"这样的句子，年少时根本就入眼不入心。于今却是一读一心悸，一读一唏嘘。说起来，我多么为梅丽尔·斯特里普和克林特·伊斯特伍德这两个演员庆幸，如果他们是在自己的青葱岁月中冒失闯进《廊桥遗梦》，轻浅的他们，怎能神奇地将自我与角色打烂后重新捏合成一对完美到让人窒息的厚重形象？

不饶人的岁月，在催人老的同时，也慨然沉淀了太多的大爱与大智，让你学会思、学会悟、学会怜、学会舍。

去探望一位百岁老人。清楚地记得，在校史纪念册上，他就是那个掷铁饼的英俊少年。颓然枯坐、耳聋眼花的他，执意让保姆拿出他的画来给我看。画拿出来了，是一叠皱巴巴的仕女图。每个仕女都画得那么难看，像幼稚园小朋友的涂鸦。但是，这并不妨碍我兴致勃勃地欣赏。

唉，这个眼看要被"三晃"晃得灰飞烟灭的生命啊，可还记得母校操场上那个掷铁饼的小小少年？如果那小小少年从照片中翩然走出，能够认出这须眉皆白的老者就是当年的自己么？

——从子宫到坟墓，生命不过是这中间的一小段路程。

我们回不到昨天，明天的我们，又将比今天凋萎了一些。那么，就让我们带着三分庆幸七分无奈，宴飨此刻的完美吧……

第二辑
来自蝴蝶的一个吻触

世间最细腻、最别致
的敲击与世间最细
腻、最别致的吻触，
大约都是最能拨动人
心弦的东西吧？

玫瑰为开花而开花

对一朵玫瑰而言，开花就是一切。

独自坐在玫瑰园里，想着关乎玫瑰的心事。

这么繁盛，这么美艳。但我却不想说，她们是为了答谢辛勤的园丁而开花；也不愿说，她们是为了酬酢和畅的惠风而开花；更不能说，她们是为了繁衍后代而开花。还是诗人说得妙：玫瑰为了开花而开花。——的确，对一朵玫瑰而言，开花就是一切。

我曾是一个可怜的"目的主义者"。以为有"目的"的行为才是有价值的行为。就这样，我欣然将心交给"目的"去蛀蚀。当我将自己摆在一朵绝美的花面前，我就像一个强迫症患者，本能地摸手机，本能地要拍照。从哪一天开始，我背弃了那个浅薄焦虑的自我？我已经学会"零负担"地欣赏一朵花，驻足，心动，玩索，然后带着感动，悄无声息地离开。

马年到来的时候，有人发来一个段子，大意是讲"马如人性"：见鞭即惊为圣者，触毛即惊为贤士，触肉始惊为凡夫，彻骨方惊是愚人。就想，有没有第五种马呢？它不惊，亦不驽；它不愿为"鞭影"而奔突，只肯为释放生命而驰骋；它俯瞰氤氲草色、仰观高天流云，它总是乐意在残照里完美一幅剪影；它保持着可贵的矫健与豪野，它感谢上苍让它成为了一匹美学意义上的马。

《民国老课本》里有一篇课文，通篇只有短短的四句话："三只牛吃草，一只羊也吃草，一只羊不吃草，它看着花。"——你瞧，这分明是一只具有诗人气质的羊啊！它看着花，是因为它有灵性，是因为它注重生命的精神趣味。可惜，这只可爱的羊早就从课本中走丢了，取而代之的是"羊的全身都是宝，肉可以吃，奶可以喝，皮、毛可以穿"。——"目的"高调登台之后，"情趣"只能黯然退场。

我曾经嘲笑过辗转认识的几个同城姐妹，每当桃花盛开，她们一定带着扑克牌和小被子，兴致勃勃地将自己送到迁西的一座桃花山上，挑一树最热闹的桃花，在树下郑重铺开小被子，盘坐，打牌。她们吵嚷着当"皇上"或做"娘娘"，贴满脸的纸条，就这样一直玩到日落西山，才甘心地往回返。我曾在心里不屑地说：多么可笑啊，竟在美丽的花树下做那等俗事！今天，我却倏然懂得了她们。与那些搬着蜂箱追着桃花跑的人相比，她们的目的性更弱一些，但她们占有的春光却要更多一些。

我曾多次跟同行分享那个"孔雀与作文"的故事——语文老师讲了一则故事让大家找论点：雄孔雀都非常珍爱自己漂亮的尾巴，每日必梳理呵护，生怕有丝毫损伤。一帮无耻猎人知道这一特性就专找雨天捕孔雀，因为下雨会将雄孔雀的大尾巴淋湿，由于有饱满的水分缀着，孔雀生怕起飞会弄伤羽毛，故不管猎人离得多近也绝对一动不动，任人宰割。很快，一位"学霸"发表高论了："可以从两个方面入手。一则孔雀——贪慕虚荣，因小失大，忽略整体，只看部分……二则猎人，善于抓住时机……"老师听后，点头赞许。可怜的师生，陷入了一个"实用即至善"的泥潭。

"美"那么轻，"目的"那么重。"目的"这个幽灵，时刻都在明处、暗处招引着我们，让我们做稳它的信徒。对"美"盲视，几乎成了我们的"家族病"，"实用即至善"成了太多人的共识。一看到玫瑰，就恨它不结个南瓜；一看到马，就恨它追不上"磁悬浮"；一看到羊，就指望它多出肉、出好肉；一看到桃花，就想到蜜源；一看到孔雀，就想到活捉……被"目的"劫持的我们，心灵干枯，嘴脸丑陋。

谁能引领我们走出那个精神委顿、高度扭曲的自己？谁能引领我们叩山为钟、抚水为琴，真正做一回大自然浪漫缠绵的舞伴？谁能引领我们赏玫瑰为开花而开花、激励孔雀为美丽而美丽，抛开功利与恶俗，成全自己那颗拙朴本真的心？我想，除了我们自己，大概不会有别人。

美丽的力量

美丽的力量，是人人心中都适宜生长的一种可爱植物。

去年初冬在台北，正赶上"2010台北国际花卉博览会"。在飘着桂花甜香气息的大街小巷，到处都能看到"花博会"的主题词——"美丽的力量"。五个彩色动感的汉字，头上绽放着花瓣烟花，看得人心旌都跟着摇曳起来。

回来翻看照片的时候，发现照了太多以这个可爱的主题词为背景的照片，才知道，自己爱上了这五个灵动多彩的汉字。

今年春上应朋友阿芳之约，去洛阳看牡丹。当我随人潮痴痴地跌进美得让人心痛的牡丹花海时，我心里一下子跳出了在台北看到的那五个绽放着花瓣烟花的汉字——"美丽的力量"。

如果美丽没有潜藏着巨大的力量，她怎能将千里之外的我牵引到她的身旁？在我心中，一座城市有一个意象，大连是一朵浪花，衡阳是一声雁鸣，湛江是一树夹竹桃，而洛阳，自然是一朵千年不凋的妖娆牡丹。欧阳修说："洛阳地脉花最重，牡丹尤为天下奇。"在洛阳，我的心思全在牡丹上，看了一个园，还想再看个园。手里的纸扇上摇着牡丹，手机的壁纸上开着牡丹。吃了一席牡丹宴，作了十首牡丹诗。抱起一个牡丹花籽枕头，就舍不得放手，甚至于到了机场，托运了所有行李，却不肯撒手这个漂亮的枕头，搂着它，飞上万米高空。

阿芳对我说："看了洛阳牡丹，你要是动不动还穿一身黑，就叫悟性差！"我悟性不差，回来后穿衣风格大变，真真迷恋上了色彩鲜丽的服装。——美丽的力量，征服起你来不啻爱情。

我喜欢那个真实的故事，一个外国人，来到九寨沟，看到那遗落在人间的美丽仙境，突然扑通跪倒在地，涕泪横流。我不晓得他是否会说"美丽的力量"这个词组，但我明白，他在被美丽击中的瞬间，慑服于她无可抗拒的伟大力量，身与心，顿时瘫软如泥、沉醉如酒。

在这个世界上，太多的人痴迷地相信着一种看不见的力量。知识、宗教、地位、权势、金钱……我不否认它们的力量。它们所给予心灵的救赎以及为空虚的生命注入的充盈感是这样真实地存在着，不容你忽视。但是，在这些之外，你有没有能力感觉到有一种"美丽的力量"存在呢？

我曾在看一部纪录片时多次流泪。那是雅克·贝汉等人花费四年多的时间拍摄的《迁徙的鸟》。美丽的鸟，在天空排成诗行，平平仄仄地飞翔。它们相约飞越大西洋，却不期然在途中遇到暴风雨。茫茫大海上，只有一艘孤独的轮船随巨浪起伏。无助的鸟儿们误将它认成了小岛，纷纷栖落于甲板，从容地梳理起了羽毛；有一只疲惫已极的鸟，索性卧下，将头埋到翼下，甜甜地进入了梦乡。在镜头之外，我想我看见了那在暴风雨中跟踪鸟儿的人，他们的飞机，成了迁徙的鸟群中特殊的一员。鸟儿们睡了，他们也不睡，他们在耐心地等待着羽毛干透的鸟儿同朝阳一道醒来……他们是在用生命的燃烧礼赞着"美丽的力量"。

看《迁徙的鸟》而不流泪的人，不配做我的朋友。

美丽的力量，是一种让你的心儿变软、骨头变硬的力量；美丽的力量，是一种让你愿意抛却怨艾、铭记恩泽的力量；美丽的力量，是一种让你勇于摒弃那个丑陋旧我、悉心培植纯美新我的力量。美丽的力量，是人人心中都适宜生长的一种可爱植物。看重它，培育它，欣赏它，让它成为你爱这世界的一个重要理由。

取　悦

从明天开始，做一个懂得取悦的人。——揖青山以为友，邀花香以为伴，撷星光以为眼，挽江河以为带。

九月底去张家港，朋友苦留我多住几日。"桂花马上就要开了呀！"他们说。仿佛我此行的使命就是去闻桂花香。我假装怨艾地说："它不取悦我，我也懒得等它。"他们急了，说："它晚开留人，正是取悦你呀！"

我想，如果"取悦"这个词有知，一定欢喜给人恰切地用在了这里。我们说过太多的"取悦上司""取悦异性"之类的话，我们几乎忘了我们与大自然之间原也是可以互相"取悦"的呀。

"我见青山多妩媚，料青山见我应如是。"初读这两句词，我竟以为老辛搞错了。一个写兵戎诗的大男人，居然矫情地说他眼里的青山和青山眼里的他都挺"妩媚"。——"妩媚"这个词不是用来形容女性姿容美好的吗？你跟青山相互取悦，你俩就可以互夸"妩媚"了吗？后来，我看了一个诗人朋友一组写云南的诗，其中有诗句云"我向美丽圣洁的玉龙雪山抛了个笨拙的媚眼"，我笑出了眼泪。打电话问他："你那个笨拙的媚眼换回了什么？"他笑答："当然也是媚眼喽！"他的回答使我猛然体味到了辛词的妙处。是啊，当你怀了一颗取悦大自然的心热切地呈上自己的美意时，大自然也会以同样的美意回赠你。这等温柔时刻，还真是非"妩媚"不足以达意。

一个青海的同行问我："去过青海吗？"我说："去过。好喜欢青海湖的油菜花！都开到天上去了。"他说："再去吧！我带你去看祁连山的油菜花。要是说青海湖的油菜花都开到天上去了，那祁连山的油菜花就是从天上掉下来的。"这两句闲谈，使我们成了很好的朋友。虽说我至今都不曾去看过那"从天上掉下来"的油菜花，但是，那被花取悦过的心儿以一个真诚的邀请姿势使我对那一片遥远的灿黄顿生好感。

浏览高一年级学生的习作，偶然读到了这样两个句子："我喜欢在人间的春天，看丁香开口、铃兰垂头……"一下子就对这个学生生发了浓厚兴趣。跑到她所在的班级，喊出她的班主任，让他把那个锦心绣口的女孩指给我看。班主任惊问"发生了什么事情"，我笑着摆手，却在心里说："发生了一件很重要的事情呢！"做课间操的时候，我远远地看着女孩所在的班级，在穿了同样校服的同学中不懈地搜寻她。我问自己，我究竟想看到什么呢？莫非我指望着窥破那一颗盛满了芳菲花事的漂亮的心？我回答不上来，却因在咫尺之遥有那样一个懂得仔细端详春天眉眼的女孩而莫名欢喜。或许她根本想不到用"取悦"这个词形容她与春天之间的这一次对视，但是，那美好事件确乎发生了。

一个美学家在偌大的报告厅里发问："谁曾有过在星光之下'纵一苇之所如，凌万顷之茫然'的人生体验？有的话请举手。"没有一个人举手。美学家说："向往的人请举手。"呼啦啦，报告厅顿时成了手臂的森林。美学家又说："有多少人愿意把这么简单的向往带进坟墓？又有多少人必定把这么简单的向往带进坟墓？这些问题，大家以后慢慢用行动去回答吧。"

——青山、花朵、星光、江河，为了取悦我们，万年不凋美色；而我们，只堪在开口的丁香前聆听一句馥郁花语，就颓然老去。

从明天开始，做一个懂得取悦的人。——揖青山以为友，邀花香以为伴，撷星光以为眼，挽江河以为带。埋殡漠然与忽略，重拾种种堕地染尘的"妩媚"，在大自然母性的柔光里，让我们孤苦的灵魂得救吧……

耽于美丽

邂逅美丽，其实是邂逅了热爱美丽的自己。

那天去晨练，发现公园里的芍药开了。原本设计的跑步线路是经芍药园、穿竹林、绕烟雨湖跑两圈。但是，一颗心，硬是让那盛开的芍药给粘住了。便跟自己谈判道：围芍药园跑十圈，差不多也抵得上绕烟雨湖跑两圈了——就这么着吧！可是，跑起来的时候，却一眼一眼地看着那灼灼的芍药，心空落英般飘飞着诸如"庭前芍药妖无格""芍药承春宠，何曾羡牡丹"之类的诗句，意乱情迷得再也顾不得去记取究竟跑到第几圈了。

差不多总是这样的，耽于途中的美丽，听任这颗心一次次用"路过"的潮水跋扈地漫过了"到达"的堤岸。那一年游长白山，在去往天池的路上，为了拍摄一幅理想的不畏寒苦的"牛皮杜鹃"，我掉了队，颇费了一番周折才与导游联系上，见面后那女孩劈头就冲我嚷道："一个破牛皮杜鹃有啥好照的！天池才是今天的精华景点知道不？"

也想过不由分说地略过这途中无谓的盘桓。毕竟，心已然暗许给了远方。但是，当我被一支无意击中我的箭镞猝然击中，倾倒，成了我唯一的选择。

几乎从停下来的那一刻起就明白了"离去"将是下一刻的主题。忧伤攫住我，唤醒我生命初始关于服药的记忆——他们为我灌一勺蜜汁，灌一勺汤药，再灌一勺蜜汁，再灌一勺汤药。当我停在偷来的风景里，蜜汁与汤药，轮番袭扰了我善感的心怀。

只是我说不清楚，自己为什么竟会不可救药地迷恋上了这袭扰。

说起来，我应该算是个"目的地"的信徒吧，并且，我一心向往着过极度理性的生活，特别欣赏自己目视前方心无旁骛昂首前行的样子；然而，我身体里隐匿着另一个可怕的我，这个"我"的拿手好戏就是纵宠那颗抛弃了目的、违逆了理性、执拗地耽于美丽的心啊！

"美丽呀，倒影在心房；美丽呀，泪珠挂腮上；美丽呀，花儿吐芬芳；美丽呀，你让我慌张……"真喜欢陈数演唱的这首《美丽》。沉溺的心，有时竟会莫名地跟着那"慌张"慌张起来。

"美是邂逅所得。"这话是川端康成说的。我曾诵经般一遍遍地默诵这个句子，喜欢到心痛。那天走进一个语文教师的课堂，恰好讲到了这个句子，我突然脸热心跳，仿佛是被教室里所有的人倏然窥破了心底的秘密。语文老师引导学生赏析这个句子，只见他循循善诱地向大家发问道："同学们，你们有没有过'美是邂逅所得'这样的人生体验呢？"大家面面相觑，没有一个人举手回答。我坐在这些阅历尚浅的孩子中间，无意去怨责他们对美的盲视，只是在心中悄然回答了老师所提出的问题。

一样东西，只有入了心，才能真正入眼，要不怎会有视而不见、熟视无睹这样的说法呢？而能入心入眼的东西，一定是因为那心与眼虚位以待良久了吧？邂逅美丽，其实是邂逅了热爱美丽的自己。

不期然的美丽最容易攫住倾慕美的心。明白了这一点，你就不会怪我何以屡屡被目的地以外的美丽羁绊住了前行的脚步。人生在世，"目的"固然重要，但有暇"分心旁顾"，且于这"分心旁顾"中更爱了这不断给予我们苦痛更不断给予我们惊喜的人间，这，也算得上是不浅的福分了吧？

——因为害怕辜负，所以耽于美丽。当我怀着甜蜜的忧伤在自己的"邂逅所得"前忘情流连，你愿不愿意和我并肩而立，让夕阳拉长我们的身影，让花香安妥我们的心绪，让我们微笑着，将这殷勤赶来与我们生命相约的美丽尽收眼底……

来自蝴蝶的一个吻触

世间最细腻、最别致的敲击与世间最细腻、最别致的吻触，大约都是最能拨动人心弦的东西吧？

你怎么也不会想到，来自蝴蝶的一个吻触是怎样的美丽和神奇。

这是个寻常的午后，满眼是闹嚷嚷的花，我独在花间小径上穿行，猝不及防地，一只蝴蝶在颊上点了一个吻触。我禁不住一声惊呼，站定了，眼和心遂被那只倏忽飞走的蝴蝶牵引，在花海中载沉载浮……良久，我发现自己的身子竟可笑地朝向着蝴蝶翩飞的方向倾斜——不用说，这是个期待的姿势，这个姿势暴露了这颗心正天真地巴望着刚才的一幕重放！

用心回味着那转瞬即逝的一个吻触，拿手指肚去抚摩被蝴蝶轻触过的皮肤。那一刻，心头掠过了太多诗意的揣想——在我之前，这只蝴蝶曾吻过哪朵花儿的哪茎芳蕊？在我之后，这只蝴蝶又将去吻哪条溪流的哪朵浪花？而在芳蕊和浪花之间，我是不是一个不容省略的存在？这样想着，整个人顿然变得鲜丽起来、通透起来。

生活中有那么多粗糙的事件，那么多粗糙的事件每日不由分说地强行介入我的生活。它们无一例外地被"重要"命名了，拼命要在我的心中镌刻下自己的印痕，可不知为什么，我却越来越麻木，越来越善于忽视和淡忘那些所谓的"重要"事件。炸雷在头上滚过，我忘记了掩耳，也忘记了惊骇；倒是一声花落的微响，入耳动心，让人莫名惊悸。那么多经历的事每每赶来提醒我说那都曾是被我亲自经历的，我慌忙地撒下一个网，却无论如何也打捞不起它们的踪影了。

今天，来自蝴蝶的一个吻触，是这样深深打动了我的心，且给了我深刻铭记的理由。微小的生命，更加微小的一个吻。仿佛，尘世间什么都不曾发生，但又分明有什么东西被撞击出了金石般的轰响。倏然想到李白笔下的"霜钟"——一口钟，兀自悬空，无人来敲，它抱着动听的声响，缄默着走进深秋；夜来，有霜飞至，轻灵的霜针一枚枚投向钟体，它于是忍不住鸣响起来，响彻山谷，响彻云霄。想来，世间最细腻、最别致的敲击与世间最细腻、最别致的吻触，大约都是最能拨动人心弦的东西吧？沧海当前，却以一粟为大。脑子里放置着一个有趣的筛子——网眼之上，是石块，是瓦砾；网眼之下，是碎屑，是尘沙。

——好，就让我窖藏了这个寻常的午后吧！就让那来自蝴蝶的一个吻触沉进最深最醇的芳香里，等待着一双幸福的手在一个美丽的黄昏启封一段醉人的往事……

弃　枝

　　喂，你究竟打哪儿偷来了这一嘟噜一串的小骨朵呀？你竟要用一场空前豪奢的绽放来"报复"我这个撞掉你枝丫的冒失鬼吗？

　　清理阳台的时候，不小心折断了一根米兰的枝丫。我难过地举着那根断枝，在米兰前忏悔了半晌。要知道，这株宝贝米兰，可是我家元老级花木了。它的每一个叶片，都是在我充满爱意的注视中长出来的。七八年了，我舍不得剪掉它身上的半个枝叶，任它由着性儿生长。有一次朋友来访，看到张牙舞爪的它，笑道："这棵米兰长得也忒放肆了吧？这么乱长一气，还能开花吗？"我赶忙替我家米兰唱赞歌："能开呀！它似乎忘了季节，心情一好，立刻开花！"我没有谬赞它。虽说它的花越开越稀少，但它从没有忘记过开花的使命。小米粒般的花朵，却有能耐把香气充满所有房间。每次开花，我都要饶舌地问老公："香不香？难道你不觉得满室皆香吗？"老公抢白我："又不是你开花，瞎激动什么！"

弯下腰，下意识地把断枝安到米兰新鲜的伤口上，又绝望地移开。告诉自己，端的是接不上了，放弃吧。

米兰失了那根重要的枝丫，树形变得难看，成了"残树"。看它形象受损，自责的同时，也替它羞赧。想起朋友的提醒，终于下了狠心，拿来剪刀，学着果园老农的样子，一口气把那张牙舞爪的枝丫理成了驯顺的短发。

天天去阳台看它。好担心它连痛带气，一命呜呼。

看它依旧青葱，便也释了怀。

一连几天没搭理它，那天提壶去为它浇水时，竟惊喜地发现，满树都爆出了新叶！我忙虔诚地朝那些新叶行注目礼，继而赞美它们的颜色真个是"令碧羞，使翠愧"。

许是不愿枉领了我的赞美吧，今天，米兰又给了我一个天大的惊喜——缀了满树绿莹莹的花蕾！好稠密的花蕾呀！在我以为该著花的地方，著花；在我以为不该著花的地方，也著花！特别是，那曾被我绝望地抚弄过的伤痛处，竟也冒出了一穗穗的花蕾！我站在它身旁，只顾傻笑。好想问问它：喂，你究竟打哪儿偷来了这一嘟噜一串的小骨朵呀？你竟要用一场空前豪奢的绽放来"报复"我这个撞掉你枝丫的冒失鬼吗？

我的米兰，谢谢你告诉我——弃枝，原是弃憾。那被腾出的空位，自会有好花缀满……

畏惧美丽

美丽是这样无私地洗濯我们照耀我们拯救我们，我们怎能不小心翼翼地护爱着她呢？

我说得清自己是在哪天走向成熟的，因为打从那天起我开始畏惧美丽。

我会站在一朵美艳绝伦的鲜花面前呆呆地看上一个时辰，心中涌动着一股比爱深较嫉淡的说不清道不明热辣辣的感觉。台湾文人余光中说他看那"艳不可近，纯不可渎"的宫粉羊蹄甲花时，总是要看到绝望才肯离去。老先生笔下这惊心动魄的"绝望"二字，真让我共鸣到几乎要掉泪了。美丽的花朵，对善良的心灵有着一种无可抗拒的威慑力。它召唤着你却不轻许你，谢绝了你却不惹恼你。它让你在它的光辉里沐浴，又让你染着它的清香一步一回头地离开。高尚的手永远是临花轻颤的手。摘走鲜花的人在倾覆美丽的同时也倾覆了自己。

我会畏惧一双美丽的眼睛，不管是同性的眼睛还是异性的眼睛，只要它是用美丽注释的。美丽的眼睛照耀着我。那是一些令我即则怯离则悔、不即不离不甘心的眼睛。在我的记忆里，流失了那么多人的姓名，却存活着一双双美丽的眼睛。它们或默默凝望或顾盼流转，一律真真切切投在我平淡的心幕上——这时，也只有这时，我才有勇气与它们对视。我知道我漏听了太多心灵的语言，只能在事后凭想象将它们一一补齐。可我却无怨，只把这看成一种玩不厌的游戏。

　　我会畏惧一篇精彩的文字。每每于墨香中翻开一本本新杂志，在目录上看到某个熟悉的名字（这名字往往是和一篇篇美文连在一起的），我总是不敢一下子找到相应的页码，生怕敏锐的心经不起那美丽的惊吓和打击。我会把那不相干的文章慢慢读完，然后心里便开始发热发冷，终于英勇地翻开那躲不过的一页，飞快浏览一遍，以便让畏惧稍稍减淡，之后，再回过头来细细欣赏——那些勾魂摄魄的文字啊！它们是从一支什么样的笔下流出来的？它们的诞生是艰难还是顺利？这些，永远是我愿意猜测的问题。久久地走不出美文的枝枝杈杈丝丝脉脉，待到不得不收复自己的时候，我发现，我已是支离破碎。

　　这畏惧源于喜爱，却又超越了喜爱。喜爱里往往包含了一种不知深浅的亲昵和轻薄，而畏惧才是真正的怜惜和恭敬。"美丽"慷慨地点缀了我们短暂寂寞的人生，我们一俯首即可采撷到美丽，一回眸就能目睹美丽。美丽是这样无私地洗濯我们照耀我们拯救我们，我们怎能不小心翼翼地护爱着她呢？

畏惧美丽，是我最美丽的人生体验。

牡丹花水

人间烟火味里铺展着无尽的梦幻织锦，美好的感恩，由衷的赞颂，既素朴又华丽，既"农民"又"小资"。

坐在从兰州开往敦煌的旅游车上，一路不停地喝水。问自己怎么会这么渴，回答竟是，焦渴的大戈壁传染给了我难耐的焦渴。

导游王小姐是个锦心绣口的人儿。在讲当地的风土人情的时候，她说：你随便到一户人家做客，人家就会把你奉为上宾，用"牡丹花水"沏了八宝茶来款待你……我问邻座的燕子，什么叫"牡丹花水"？燕子说她也不清楚。我只好凭空猜测——仿佛就是，妙玉给宝玉、黛玉沏茶用的"梅花雪水"吧？从梅花的蕊上小心翼翼地收集点点细雪，融成一掬冰莹蚀骨的柔水。这"牡丹花水"，说不定就是采的牡丹花瓣上的露水雨水呢。这样想着，禁不住对那"牡丹花水"神往起来。

到了嘉峪关市，我们要用午餐。坐在餐桌边等着上菜的当儿，服务员来上茶了。导游王小姐笑着说：虽说不是八宝茶，却是"牡丹花水"，大家一路辛苦，请用茶吧！我万分惊讶地站了起来，瞪大了眼睛看着就要亲口品尝到的"牡丹花水"。但是，不对呀！服务员居然拎了个寻常的铝壶，咕嘟嘟给大家倒着最寻常的茶水。我跟燕子嘀咕道：开玩笑，这哪里会是"牡丹花水"嘛！燕子皱着眉头，一百个想不通的样子。终于，我忍无可忍地唤来了王小姐，问她，难道，这真的就是你所说的"牡丹花水"吗？王小姐听罢噗地笑了。她盯着我问：你以为"牡丹花水"是什么神水仙水呀？"牡丹花水"是咱西北的老百姓对开水的一种形象叫法——你仔细观察过沸腾的水吗？在中心的位置，那翻滚着的部分，特别像一朵盛开的牡丹花。

我"哦"了一声，双手捧住一只注满了"牡丹花水"的茶杯，眼与耳，顿时屏蔽了饭店中一切的嘈杂。

究竟是谁，在什么时候，怀着怎样的一种心情，给一壶滚沸的水起了这样一个俏丽无比的名字？世世代代，老天总忘了给这里捎来雨水。在茫茫的戈壁滩上，草活得那么苦，树活得那么苦，人活得那么苦。有一点浊水就很知足了，有一点冷水就很知足了，但，一个幸运的容器，竟有幸装了沸腾的清水！幸福的人盯着那水贪婪地看，他（她）想，喔，总得给这水一个昵称吧？叫什么好呢？抬头看一眼窗外，院里的牡丹花开得正好，那欣然释放着的繁丽生命，多像这壶中滚沸的水啊！——好了，就叫它"牡丹花水"吧。

我的心，在那一刻变得多么焦灼，竟恨不得立刻跑到饭店的操作间去看一眼从沸腾着的水的心中开出的那一朵世间最美丽、最独特的牡丹。这么久了，粗心的我一直忽略着身边最神奇的花开。我从一朵朵盛开的牡丹花旁走过，没有驻足，没有流连。是缺水的大西北给了我一个关乎水的珍贵提示，让我在此生一次平凡的啜饮中感受到了震撼生命的不平凡。

"牡丹花水"，"牡丹花水"。我反反复复默念着你的名字——一个让人心疼的名字，一个让人心暖的名字。人间烟火味里铺展着无尽的梦幻织锦，美好的感恩，由衷的赞颂，既素朴又华丽，既"农民"又"小资"。把所有对生活的祈愿都凝进这一声轻唤当中，让苦难凋零，让穷困走远——我的大西北，愿你守着一朵富丽的牡丹，吉祥平安，岁岁年年。

美丽的冲动

　　美丽的文字，触动我美丽的情思，使我生出美丽的冲动。

　　有一首小诗，写一个女孩儿在灿灿阳光下手捧一汪清水和一尾小鱼急急地往家赶。这个画面在我的脑海中久久盘旋，挥之不去。我总忍不住跟冥冥中的那个女孩对话：亲爱的小妹，你可要坚持呀！千万别让手中的水漏光，告诉我你身处哪条河畔，我要去接你一程！我要拿着一个玻璃瓶去，我一定要赶在你手中的清水漏光之前迎上你，我要你眼看着你的那尾小鱼住进一个透明的家啊！

　　有一篇小文，写一只蝴蝶因受伤而落进路上的一片水洼，它的爱侣为了不使它受到行路人的践踏或惊扰，就一次次疯狂地往行人身上冲撞，试图以它的力量掀翻鲁莽的行人。这个情节令我怦然心动。我有一个荒唐的想法，找到那一只落难的蝴蝶，和它的爱侣一道将它从水洼中救起，让阳光抚慰它锥心的伤痛，让和风吹干它美丽的翼翅，然后，我会指给一对恩爱蝴蝶花海所在，目送它们融入一片嫩粉娇红。

有一则童话，写一枚桑葚为了履行爱的诺言，红熟了也久久不肯从枝头坠落，它藏在一片桑叶底下，躲过了风雨和鸟喙，痴痴地等着爱它的人来摘它。这个故事惹得我在每一棵桑树下抬头，盛夏了，我还在仔仔细细地寻觅桑叶下的红熟桑葚。我想，如果我找到了，就让我替伊人摘下它吧，别让这枚嘉果等得成了泥等得成了灰。请相信，这敏感的唇齿，决不会枉然辜负你苦心积攒一春一夏的醇香。

好了，你已经看穿了我。我是个爱在书页上做梦的人。美丽的文字，触动我美丽的情思，使我生出美丽的冲动。我心里常有一种莫名的恐惧，担心有一天我从一个长长的梦中醒来，鲜活的心结了厚厚的茧，读好诗不再垂泪，诵妙文不再动容。好友媛媛说：你什么都可以丢了，只是别丢了你对文字的感觉。

——让文字拯救我。这是我在生活中溺水时常在心里喊的一句话。

让我永远葆有热爱文字的美好心境，让我永不失去在动人文字上做梦的美丽冲动。让我在一首小诗里沐浴，让我在一篇小文中薰香，让我在一则童话中细心梳理爱与美的羽毛——好不好？

爱的容器

你有能力启动别人柔软的心，因为你的身体恰如一个爱的容器。

发现自己的身体是一个爱的容器，这是一种奇妙的感觉。

给予我这样美好提醒的，是来自台湾的一位老太太。她认真地看着我，说："你有能力启动别人柔软的心，因为你的身体恰如一个爱的容器。"在这诗一般的句子面前，我有一点惊惶失措，我不知道有着这么浓郁的抒情色彩的句子居然可以用聊天的口气缓缓送出。我惊喜地张大了眼睛，像打量陌生人一样上上下下打量自己，打量我借居的这件非凡的爱的容器。

这件容器原是我善感的灵魂获赠的一样无可替代的礼物啊！我住在里面，住成神仙。

我是一个善于爱的人么？好多次拿这个问题向自己索取答案，而每一次的答案都与先前的答案有着些微的差异。我往往不是用自己的心来应答自己的嘴的，而是临时借来一双自己正在意着的眼睛，用那双眼睛挑剔地审视自己。

我看到有一双眼睛在对我说，你自然是世间最善于爱的人啊！你在每一个春天里悸动，看见美丽的花朵，就生出礼赞的热望；你与潭水深情对视，直到让眸子染上它的深绿。你的爱，生动着摇曳着刷新着，不会蒙尘，不会霉变，你正拥有着世间高品质的爱哦。

而另一双眼睛则会说，你不是一个恒温的爱者。你爱得那样自我，那样率性。爱的时刻，灵台无计逃神矢，你恨不得把自己的生命都典当了。哲人说，爱是一种犯傻的能力。你犯傻的能力似乎格外高强。总以为这一回定然与先前的迥异，值得拼却了一切的。但是，是什么让你陡然扭转了脸？清泪中，爱，一羽一羽无可阻挡地凋零。你不明白，爱的半衰期何以来得这么迅疾？

那是谁的眼睛？正幽幽地说出这样的话语——到什么时候，你才能修炼来节省着使用自己的爱的本领？你顶擅长的伎俩似乎就是将爱倾洒、倾倒、倾泻。你从来都不惧怕用完了自己的爱吗？你把心剖成了那么多片，遣它们成舟，让它们承载着你的哀伤、牵念、祈祷、祝福义无反顾地远航。岸上的你，再怎么收拾，也不可能收拾起一个完整的自己。

……

——究竟，我是不是一个善于爱的人呢？

我在诗心、爱心和操心中发现着我自己。一个兴致勃勃只想盛放爱的容器，在被误读、被辜负、被伤害的同时，也被理解、被欣赏、被珍惜。很喜欢自己快乐的模样，每次照相，都愿意给镜头一个灿烂的笑脸；总渴盼着自己是个最善于撷取的人，秋天给了我一片萧瑟的森林，我却从一棵忘了季节的小树上邂逅了春天。谁有幸听到了我内心的欢呼？那赤子般的欢呼荡涤着我的整个生命，让我情愿一次又一次掏空了自己——为答谢一只鸟在天空中偶然滴落的一声啼鸣，为回报一朵花穿越漫漫寒冬给予我的一句爱语。

　　我张开想象的翅膀，试着将这件容器改换形状——设若它是一个碗，那就欢悦地盛放天地的恩赐吧；设若它是一只觞，那就忘情地流溢岁月的琼浆吧！盛放着什么固然重要，但更重要的是感受着这幸运盛放的细腻的心。

　　爱的容器，得之于天，终将还之于天。借居的日子里，让我天天保持惊奇，让我受宠若惊地住在里面，住成神仙。

第三辑
海棠花在否

冰欺雪侮，夺了你枝上
的颜色，你却以焦枯之
躯，勤心供养出酬酢季
节的娇美花串。

衡水湖看鸟

　　我竟有这等福分，亲身冲进那"乌云"里，用眼睛与镜头，见证鸟翅驮来一个真实的天堂。

　　看鸟，就要比鸟起得早。

　　清晨四点多钟，我们就从冀州宾馆出发了。坐在面包车上，我脑子里尽是些《动物世界》里关乎鸟的珍贵镜头——几十万只翅膀，扑啦啦剪碎了漫天朝霞；一片"乌云"，忽而遮天，忽而蔽海，让坐在电视机前的人惊异地张大了嘴巴……嘻，今天，我竟有这等福分，亲身冲进那"乌云"里，用眼睛与镜头，见证鸟翅驮来一个真实的天堂。

　　车子停在湖畔，我们被一望无际、随风俯仰的湖苇迎下了车。

　　唧唧喳喳，啾啾喈喈，忽的一下，耳朵就被这声音灌满了。我下意识地去摸挂在脖子上的相机，却几乎同时住了手——鸟呢？我并没有看见一只鸟。

走，往最适宜看鸟的地方走。

翻过一个土岗，再翻过一个土岗，鞋子大口大口地吞着干土。天光慢慢亮起来，看清高高的土堆坍出一个断层，断层里赫然镶嵌着硕大的贝壳。当地朋友告诉我们说，这里是黄河故道——居然，那条河的腿那么长，它愿意去哪儿逛，就去哪儿逛，谁都休想拦它。

有两只娇小的鸟，细声细气地唱着歌谣，从我们的头顶飞过去了。我慌忙举起相机，朝着它们飞走的方向徒劳地按快门。当地朋友笑我道，那也值得一照？湖苇深处尽是大鸟呢！

终于将自己送到了湖苇深处。鸟鸣愈加繁盛。飒飒苇风中，仿佛有几十张碟在同时播放班得瑞轻音乐。耳朵忙不过来，不待听完一声，又去追逐那一声。忙不迭地掏出手机，录下了这此起彼伏的啁啾。

果然有大鸟！眼睛死盯着远处的一片苇尖瞧，发现那里有数只大雁在嬉戏，但是，它们飞得那样审慎，才从苇尖上腾跃而起，你按快门的当儿，就已潜入了苇丛深处。我的相机没有长焦距镜头，无法将远处的翩翩鸟影拉到襟袖之间。我焦急地提议，咱们再往里走走？朋友笑了，再走，就得游泳了。

我诅咒我与鸟之间那过大的距离。通过鸟儿恢宏的鸣唱气势，我约略猜得出，那苇丛深处至少藏着一千只鸟！但是，它们巧妙地隐匿了自己。不容乐观的生存环境，让它们总是保持着"惊弓之态"。它们会不会在心里对我说，抱歉哦，我早已用完了自己的信任，如今，我穿起一件叫做防范的外衣，在远离你的地方，警醒地逍遥。

没有一张照片是理想的。家科用地道的衡水话总结道，照远景找不见鸟，照近景看不清鸟——相机不迁就鸟，鸟也不迁就相机。

其实，在来衡水湖看鸟的酝酿阶段，我就兴致勃勃地上网搜索了相关图片。白鹬鸰、黑天鹅、斑嘴鸭、灰鹤、白鹭、彩鹮，这些衡水湖上的精灵，我早已在网上与之亲昵过了。我不愿提及，那一年在白洋淀，被人问，吃不吃水鸟肉馅饺子？一只水鸟的肉才能包两只饺子啊！我不敢吃，担心一群水鸟会在我腹内衔泪喊冤。

在干燥少雨的北方，占地面积比十个杭州西湖还要大一些的衡水湖，是一个多么稀罕的存在；在枯燥乏味的日子里，那些用唧啾、呕哑、咕嘎、啁啾抒怀的鸟儿，是一种多么温存的陪伴。黄河远走，湖水存留。土岗上硕大的贝壳惹我叹息，我害怕我的叹息会繁衍出更加茂密的叹息……

在我的办公桌上，有一本常看常新的《鸟类圣经》。每当与那些可爱精灵对视，我总会想起梁实秋描写鸟的句子——"细瘦而不干瘪，丰腴而不臃肿，跳荡得那样轻灵，脚上像是有弹簧。"鸟的最大价值，是给这世界带来欢悦与美感；但是，"胃袋至上主义者"们，就是要把美剁成馅，再佐以葱丝、姜丝、香油、味精，精致地包成饺子，恬然交由味蕾与胃液去鉴赏。

所以，那些被人类调教得智商越来越高的大鸟们，自然学会了跟人类"躲猫猫"。虽说它们不媚远道而来的我，虽说我那"冲进乌云"的痴想彻底泡了汤，虽说我的相机没有机缘亲近那些美丽彩翼，但我没有怨怼、没有懊恼，非但没有，还要在心底悄悄跟苇丛深处的精灵们说，宝贝，你可要藏好。

海棠花在否

冰欺雪侮，夺了你枝上的颜色，你却以焦枯之躯，勤心供养出酬酢季节的娇美花串。

春尚嫩，草木未及醒。香抱来一盆浓烈的花，说："海棠，让你眼睛先尝个鲜。"

——端的懂我，知我眼馋，送我一盆不嗜睡的妖娆。

好稀罕的海棠！铁色枝干，如焦似枯，失尽了生气；而在这焦枝之上，竟簪花戴彩般地缀了一串串娇姿欲滴的花朵。没有叶——保守的叶，或许还在慢条斯理地数着节气的脚步，花们却早耐不住了，你推我搡，捷足先登地抢了叶的风头。仔细端详那花与那枝，仿佛是不相干的两样东西——盛放与焦枯，奇迹般地同台演出，却又精彩得令人击节称赏。

这一盆"迷你"春天，婴儿般吸摄了我母性的心。暖气房太燥，天天提个喷壶，给她殷勤喂水。喷多了，怕浇熄烈焰；

喷少了，又怕她喊渴。便忍不住怨她，"海棠海棠，你总该开个口，为自己讨要一场无过、无不及的春雨呀。"

每日里一进家门，心中问的第一句话必是："海棠花在否？"——是韩偓的一句诗呢。青葱岁月里，欢悦地背诵过它；纵然我再善于舒展想象的翼翅，又怎可预料，那诗句，竟是妥帖地预备了给我用在这里的。璎珞敲冰，梅心惊破，好花前吟诵好诗，在我，是多么奢华的时刻！可笑如我，竟毫无理由地以为，我的海棠愈开愈妍，定是得了我与韩偓的双重问候。

海棠花没有媚人的香，但这不妨碍我将自己融进她虚幻的香氛里。我安静地坐下来，与她长久对视。我想，如果我是一株植物，如果"焦枯"跋扈地定义了我的枝干，我还会葆有开花的心志吗？明知凋零就潜藏于日后的某一个时刻，我还会抗逆着令人畏缩的萧疏，毅然向世界和盘端出我丰腴的锦灿吗？

"如果说，一朵花很美，那么我有时就会不由自主地自语道：要活下去。"这是川端康成《花未眠》里面的句子。曾有个女生擎了书，认真问我："为什么看到一朵花很美，人就有了活下去的勇气呢？这两者之间有因果关系吗？"——这个问题，问得多好啊！我一直执拗地相信，好的问题本身就包裹了一个好的答案，犹如花朵包裹着花蕊一般。我没有急于为这女生作答，或者换言之，我舍不得贸然作答——我愿意将这个问题交给流光。

一朵花，她的象征意义委实值得玩索。当她在浩渺的时空坐标上多情地寻到你，当她以生命的炽烈燃烧慨然地点化你，如果你不曾在这一场特别的约会中汲取到强大的精神能量，你不该为自己的愚钝而捶胸叹惋吗？

——绽放，是一笔美丽的债，来人间还债的花与人，有福了。

坐在海棠花影中，想着这缤纷心事，突然不再担忧日后那场躲不过的凋零。当我再小心翼翼问起"海棠花在否"，即使我听不到枝头那热烈的应答，我也会用想象的丹青绘就一幅空灵画卷，供思想的蝶雍容栖止花间。海棠不曾负我，我亦未负海棠，我还要那些个赘余的幽怨惆怅派什么用场呢？

——"焦枝海棠"，你喜欢我这样唤你吗？冰欺雪侮，夺了你枝上的颜色，你却以焦枯之躯，勤心供养出酬酢季节的娇美花串。焦枝是你风骨，海棠是你精魄。你可知，你至刚至柔的一句花语，怎样幽禁了我，又怎样救赎了我……

吃　愁

就让这挥之不去的"秋心"渐次晕染了我的"甜蜜方糖"，让我坐在沁凉的风中，从容自在地读天，读地，读自己。

曾经，我是个不会"吃愁"的人。

"愁"是"秋心"啊！心，不期然被秋天劫掠，我怎甘乖乖就范？

在一句歌词前逡巡了很久，那歌词道："甜蜜方糖跳进苦咖啡。"我被那个"跳"字困住了。方糖，它定然是甘愿的了，不然，那个动词应该换成"掉"甚或"跌"。我做不成那块崇高的方糖，我宁愿抱紧自己珍贵的甜蜜，让它小心翼翼地躲开苦咖啡。

可"愁"却是多么地迷恋我啊！终于有一天，我突围不出去了，硬着头皮，拨通了琳的电话。琳是我早年教过的一个学生，现在是一名精神卫生工作者。琳惊喜地说："老师，让我猜猜，您是要通知同学聚会吗？"我沮丧地说："不是。我向你讨要一种市面上买不到的精神类药品……"

"愁"的抗药性太强大了，它居然嚣张地将那一枚枚精致的药片当成了自己的兴奋剂。我每天晚上精神百倍地守着它，听任它携着我上天入地。

一个患有重度精神抑郁症的朋友说，他以每天高声诵读唐诗宋词的妙法，医好了自己的病。偷偷用了他这方子，盼着李杜、三苏们能从千载之前发功，驱走我身上的愁魔。可是，我再一次失望了。

从哪一天开始，我不再与"愁"为敌了呢？我说不清楚。我只知道，我似乎慢慢修炼来了一种能耐，那就是，像吃粥、吃茶一般，平静地将"愁"吞下去。我跟自己商量:姑且，把"秋心"当成一味中药吧，想它具有明目、舒肝、润肺、养心、去燥、益气的神奇功效。服下"愁"去，生出"喜"来。

那天，和一伙子人分享一只硕大的榴莲。榴莲那特殊的气味热烈地包围了我们。大家大呼"好吃"。吃货当中，有人带了一个四五岁的孩子，那孩子快被榴莲的味道弄哭了，她捂着鼻子嚷嚷道："你们缺心眼吧？吃这么臭的东西！"

童年的口味，往往是单一的甜或香，随着年龄的增长，我们的口味要求变得复杂起来，苦、辣、酸、咸，甚至臭，我们都奋勇地去吃。看那卓尔不群的咖啡，竟将黑白、冷热、苦甜这么多对立元素熔为一炉，使自己拥有了远高于蜜汁的昂贵身价。真的，一枚优秀的"方糖"，真会奋不顾身地"跳进"苦咖啡的呀！这是一种带着痛感的"自我实现"。相信吧，那跳进了苦咖啡的方糖，不会愁，不会怨，不会抑郁，不会失眠。

人说，太阳底下没有新鲜事。其实，太阳底下也没有新鲜的"愁"。我吃到的"愁"，早被先人或远人吃过了，我大可不必为它的不期然光顾而大惊小怪。说到底，我的"愁"多是"爱上一匹野马，可我的家里没有草原"之类的闲愁；那也无妨，就让这挥之不去的"秋心"渐次晕染了我的"甜蜜方糖"，让我坐在沁凉的风中，从容自在地读天，读地，读自己。

——能"吃愁"的人，有福了。

玉兰凋

我苦过、待过、美过、爱过，我的一生，没有缺憾。

几日外出，竟辜负了玉兰花开。怎么就忘了她的花期？若记得，那能不能成为我拒绝此次外出的理由？我说："适逢我家玉兰花开，故不便外出。"这样的请假缘由，会不会被人讥为痴骏？

六株不高也不矮的玉兰树，长在我每日坐守的地方。冬天就给她们相过面了——这株枝上花蕾稠，那株枝上花蕾稀；花开时节，那稀的，可撑得住头顶一方蓝天？操着这等闲心，暗淡的日子里就摇曳起了虚幻细碎的玉兰花影……

抬眼处，我惊呆了——玉兰，正大把大把地抛撒如雪的花瓣。那些硕大的白花瓣，每一瓣都还那么莹洁鲜润呀，她们，可真舍得！仿佛听到了冥冥中的一声号令，趁着容颜未凋，决然扑向泥土。

这六株玉兰，是我见过的所有玉兰中的极品。花开得早，那些灰突突的慢醒植物都还在伸懒腰呢，她早精神灿烂地在微凉的风中吟诗作赋了；花色纯白，白得晃你的眼，最盛时，满眼是纤尘不染的白鸽，在枝上作欲飞状，惹得你大气儿都不敢出；花朵奇大，每一朵花，都人过我平摊的手掌，那年花开，我悄悄拿手去量她，被"喂"的一声断喝吓了一跳——是园丁，他以为遇到了窃花贼。见识了这六株美到极致的玉兰花，我品鉴起她们的同类来可就有了底气。遇到一株紫色玉兰花，众人皆赞，我却直接跟树上的紫玉兰对话："你咋弄了件这种颜色的袄子穿上了？学学我家玉兰，穿白色吧——白，是一种无敌的艳。"

黛玉说："花谢花飞飞满天。"说的是那种花瓣菲薄的花，比如桃花，比如杏花，花瓣小过指甲盖，薄到无风都可旋舞，那等花，仿佛就是为谢而开的。玉兰凋，全然不是这样的，它太像一种仪式了，华妙，庄严，神圣，让你生出千缕思、万斛情。你想说"珍惜哦"，话还未及送出口，竟变成了"喜舍哦"；你想接住那跌落的硕大花瓣，手却迟迟没有伸出，你跟自己说："寒素的大地不也正焦灼地等待着承接一种美艳吗？"你为自己冒出的打劫之念愧怍不已。

早年我竟不知，玉兰的花芽居然是在头年秋天叶子脱落之后生发出来的。她要经过漫漫一冬的长跑，方能迎来生命华彩的粲然绽放。有一回在电视上看一个民间艺人展示他的作品——毛猴。上百只活灵活现的毛猴散布在袖珍的"花果山"上，煞是有趣。后来，艺人开始讲述毛猴的制作过程，竟是拿玉兰花蕾做猴身！我叹起气来，忍不住跟那艺人隔空对话道："猴子无魂，不来扰你；玉兰有魄，借猴鸣冤。"

一直在想，谁是赐予你芳名的人呢？玉质兰心——除却你，谁个又能担得起？《镜花缘》中有"百花仙子"，司玉兰花的仙子是"锦绣肝"司徒妩儿。好想知道，今日我眼前这六株玉兰树，在那妩儿的辖区吗？

就在我伫立痴想的当儿，玉兰花瓣仍未停止脱落。树下，铺起了奢华的白毯。瞧她走得多么欣悦！仿佛是欢跳下去的。我想，此刻，如果我叹息，她定会为我的叹息而叹息。在走过一段芬芳的历程之后，她庄严谢幕。我似乎听见她对我说：我苦过、待过、美过、爱过，我的一生，没有缺憾。

——玉兰凋，于我而言，是一个不能忽略的精神事件。有一些艳不可渎的花瓣，直落进了我的生命里……

虫　唱

　　当我手捧费尽千辛万苦从郊外采来的两朵娇黄的丝瓜花送给你做点心时，我小小的、有着滑稽绰号的歌唱家，愿你能体察到我对你以及我们永恒故园的挚爱……

　　去药店的路上，与一个卖蝈蝈的汉子擦肩而过。

　　毒日头下，他挑着两座闹嚷嚷的山，引得路上几个小孩子拽着大人朝他跑。我本无心购买他的货物，却倏然想起了一个怪怪的名字——"驴驹儿"，兀自笑出了声。"驴驹儿"，是我冀中老家对蝈蝈的一种叫法，那么玲珑翠嫩的一种小虫，却有这么一个憨傻笨重的名字，真不知那最初的命名者究竟是咋想的。就在这么瞎琢磨的当儿，早趔回身，欣然掏钱买了一头"驴驹儿"。

　　捧着药与虫回到家时，老公急了，拧着眉头说："我说你是咋想的？买的是安神助眠的药，又生怕自己睡得好，整个叫虫儿来搅乱！"

——是呢，我咋就没有意识到手上这两样东西原是"打架"的呢？

那只蝈蝈是个饶舌的东西，"蝈蝈蝈蝈"地在阳台上叫个不停。入夜，以为它会小憩，然而不然，竟愈加勤勉地大叫起来。

我不知自己是在何时睡着的，半睡半醒间，感觉耳畔有琴声，不及细听，又沉沉睡去。醒来时，天已大亮，蝈蝈正兴致勃勃地自说自话。

——我居然是不怕蝈蝈搅扰的！

接下来的几天，更加证实了我的这一结论。我停了药，睡眠却不再薄脆如瓷，一碰就碎。

才明白，其实，暗夜里，我最惧怕的原是被我心中的虫子啮噬。那不会鸣唱的丑陋的蚕，不声不响地啃光了我一枚枚黑甜的桑叶……

闲下来时，仔细端详这只可爱的虫子，发现它真的有一点像"驴驹儿"呢！首先是头脸，不就是"具体而微"的一个小驴子嘛；再看那短短的翼翅，多像驴子身上架了一副鞍子；而最相似的，大概是它们恣意的叫声了吧？它们都属于用撒欢式的高叫表达生命感觉的动物，不屑缄口，不屑低语。

记得曾带学生做过一段文言文练习，其中谈到怀揣蝈蝈越冬之妙："偶于稠人广众之中，清韵自胸前突出，非同四壁蛩声助人叹息，而悠悠然自得之甚。"许多同学读到这里都笑了起来。我也忍不住笑了。揣想着在那没有"随身听"的年代，那长衫的男子以"胸前"一声"清韵"引来众人艳羡眼光时的得意神情，不由你不笑。

大自然的声音最是慰人——慰被生计压得丢了从容、丢了睡眠的悲苦人，慰漫漫寒冬中耳朵寂寞得结了蛛网的寒苦人。

班得瑞轻音乐之所以获得那么多的拥趸，不就是因为他们聪明地在音乐中揉进了太多阿尔卑斯山中自在的鸟鸣虫唱、风声水声吗？我，我们，跟着奥利弗·史瓦兹静静倾听，在《云海》中飞身云海，在《仙境》中步入仙境。

一个哲人走进深秋的草丛，他厌恨虫子们毫无理性的浅薄鸣唱，告诫它们道："明天就将有一场霜扼断你们的歌声！"虫子们回答说："正因为这样我们才拼命歌唱！"

我喜欢虫子们的态度。我喜欢我的"驴驹儿"日夜勤勉地叫个不停。当我手捧费尽千辛万苦从郊外采来的两朵娇黄的丝瓜花送给你做点心时，我小小的、有着滑稽绰号的歌唱家，愿你能体察到我对你以及我们永恒故园的挚爱……

抬头看云

好白的云，好美的云。就在我的头顶上，悄然无声地上演着一幕多么精彩美妙的剧啊！

那天骑车走在路上，突然发现前面一辆出租车的后玻璃装饰得十分考究，那曼妙灵动的纹路，似花还似非花，一漾一漾的，让人的心旌也跟着摇荡起来。我快骑几下，试图看清那究竟是些什么图案。吱——前面一个紧急刹车，我自行车的前轱辘差点顶住了那辆车的尾灯。我惊惶地叫了一声，同时看清了那勾走我眼波的所谓花纹，居然是车玻璃反射的天上的云彩！

我自嘲地笑着，索性跳下自行车，举头望天，全心全意地看起云来。

好白的云，好美的云。就在我的头顶上，悄然无声地上演着一幕多么精彩美妙的剧啊！

为什么我的步履总是那么匆遽？我的鞋子上蒙着一层细尘，

我的履底无缘阅读洁白美丽的云朵。这双眼睛在追逐着什么？这颗心儿在遗忘着什么？如果不是借着一方玻璃的提醒，我是不是就不再记得头上有一个可供心灵散步的青天？

"妈妈，这个阿姨看云呢？"

我被一个响亮的童声惊动了。循声望去，见一位母亲正用力地推搡一个五六岁的小男孩——显然这位母亲是在怨责她的孩子用一句冒失的话冒犯了我这个陌生人。我心里咯噔一下，想，在我举头望天的时候，我一定成了路人张望指点的对象，他们会说我痴说我呆，他们在心里讲着同情我哀怜我的话语，甚至还可能会为自己敏锐的洞悉而沾沾自喜。然而，他们全错了，只有这个纯真的孩子猜透了我，说穿了我。

亲爱的孩子，我小小的知音，你相信吗？在这个喧闹的世界上，有许多事情真的并不比看云更重要。如果你愿意，就请和我站到一起，让我指给你看吧，天上——开着那么多那么多上帝来不及摘走的花啊……

拥抱大树

在被大树拥抱的瞬间，我听到了原先被我忽略的微弱心音。

那一年，我被摆在一连串的灰色故事面前，狼狈不堪地充当着倒霉的主角，心情坏到了极点。朋友怜惜地看着形神俱损的我说："去西天目山拥抱大树吧！有份材料说，拥抱大树能够释放人体内的快乐激素呢！"

不指望这个方子能起效，但还是去了。

随山路转了几个弯，猛一抬头，"大树王国"赫然入眼！

好大的树！好美的树！苍翠，雄健，挺拔，奇迹般高入云端。我奔向最近的那棵古树，拥抱它，问候它，在心里悄悄对它说："谢谢你在这里站了一千年，耐心等我。"这句不曾说出口的话漫过心堤时，眼底竟有了涩涩的感觉。抬起手，触摸树干背阴面凉而腻的厚厚青苔，仿佛触摸前朝。

一棵棵千年古树殷勤地搭起凉棚，送我们沿古道往前走。

耳畔传来一声声高亢的鸣唱，似银铃齐摇，又似孩童齐笑，而在这摇与笑中，还杂有一丝撒娇般的奇妙震颤，是我从未聆听过的稀罕声音。我问朋友："这是什么鸟在叫——叫得这么好听？"朋友笑着说："不是鸟，是天目山独有的一种蝉。前些日子，日本有家电视台到天目山来采集大自然的声音，一群人被这蝉声给迷坏了。"——是蝉鸣？我循着那高亢的鸣唱仰头望树，想，大概只有这样的树，才配栖止这样的蝉吧。

沿途所有能够亲近的大树，都被我一一拥抱过了，连同那被天剑剖腹却依然用巴掌大的丁点儿绿色顽强摘取阳光的"冲天树"，连同那因乾隆一句好奇的赞叹而终遭揭皮剜肉之祸的"大树王"。在拥抱大树的时候，我怨自己的手臂不具备藤蔓的柔长，我不能将任何一棵大树真正拥入怀中，我只是用意念环抱了它们。

在那棵据说有 12000 岁的银杏树旁，我索性坐下了。我闭目冥想——当年的一颗种子飘然飞落于悬崖上的罅隙间，一番番冰侮雪欺，一番番雨骤风狂，那颗种子，怀抱着一个不死的愿望，从一茎青嫩的幼芽出发，一路唱着能将冰川烤化的歌谣，生长，生长，生长。一个又一个的世纪在眼前翻页，同行的伙伴纷纷凋谢了生命，只有这棵擅长消化痛苦的银杏，用葳蕤的音乐为自己伴奏，从容批阅尘世间纷至沓来的季节。一声蝉鸣被诠释为大地寄语，一滴甘露被解读为江河托梦。于是啊，一棵树，蔓延成了一片树，你用生命的无尽繁衍答谢岁月、酬和光阴——"五世同堂啊"，大家微笑着恭贺你，犹如恭贺家族中一位年高德劭的尊长。我看见，你分明做出了一个凌空欲飞的姿态，却又不真飞去，只遣自己的灵魂翱翔天际，唯其如此，你才能活成寓言、活成神祇。

我无法靠近这棵崇高的银杏，它栖身悬崖，谢绝了我的亲昵。那就请允许我完成一个虚拟的拥抱吧！我伸展双臂，怀中登时开满缤纷花朵……

"是不是为抱不到这棵大树而遗憾呢？"朋友笑着对我说，"据本人粗略统计，你今天已经拥抱了 32 棵大树——很可观了！"

噢，我可以甘心地往回走了。

来自一万年前的蝉声织成了一张绵密的大网，将我幸福地罩在其中。我郁结于心的痛苦，居然神奇地冰消雪融了。

终于明白，哪里是我在拥抱大树？分明是大树在拥抱我啊！从远古踏歌而来的抚慰，这样虚幻，又这样真切。一片落叶轻拍我肩，竟逗落了我眼里大颗的泪滴。在被大树拥抱的瞬间，我听到了原先被我忽略的微弱心音。有一种昭示，来得这样婉曲；有一种救赎，来得这样彻底。我已然懂得，生长的骄矜原可以笑傲一切屈辱。

——我来之前，大树已在那里；我走之后，大树仍将在那里。那 32 棵大树，会用年轮的唱片反复播放一段与拥抱有关的美妙乐曲吗？不管它会不会，反正我会。

我见青山多妩媚

遣那个精神的自我端坐于远离尘嚣的风景中，叩山为钟，抚水为琴，揽一面妩媚的镜子，惊喜地在里面照见另一个妩媚。

办公室的窗，衔一脉青山。

忧悒的时候，我引自己伫立窗前，游我之目，骋我之怀。

常想那稼轩，一定是在孔子"甚矣，吾衰也；久矣，吾不复梦见周公"这个悲凉的句子中怅恨良久，而后扪着一颗衰朽的心，喃喃自语："问何物，能令公喜？"是呢，披阅了太多的春风夏雨秋霜冬雪，"喜"的门槛，被岁月一再偷偷筑高，再不似儿时，一只蚁虫就可以轻易驮走满心的不快不爽。

稼轩抛出的问题，自然要由稼轩来作答。

穿越时空的烟尘，我看见长衫飘飘的词人，指点着凝翠的青山对我微微颔首。我听见他得意地吟唱道："我见青山多妩媚，料青山见我应如是。"

我喜欢听他对"青山"不吝赞美之词，更喜欢他多少有些跋扈的痴愚猜想——他竟张狂地以为，他眼里青山有几多妩媚，那青山眼里的他就有几多妩媚呢！

　　窗前的我，险些要被这个在心里千回百转的句子逗弄出新鲜的笑，连忙掩了口。——是担心这笑会冒犯了意兴盎然的词人呢，还是担心这笑会唐突了眼前这决然不会枉担了"妩媚"之名的青山呢？两个担忧，一律那么美妙，美妙得让我逆流的笑一跌进心湖，就激起了层层的浪花。

　　开花的季节里，单位为装点铁艺的围栏，打算制作一些宣传牌。我几乎想都没想，就率先推荐了稼轩的这两句词。如今，稼轩这两句与青山倾心"调笑"的妙词被印在一块不规则的红色牌匾上，惹得与它熟识和不熟识的人都不由在它面前停下匆遽的脚步，轻声诵它："我见青山多妩媚，料青山见我应如是。"我猜，所有在这里聆听到这词句的人全都在心里笑了，特别是，当他们诵完了这两个句子，再抬头看一眼那座用"凤凰"命名的青山的时候，他们会笑得更有韵味。从这个意义上来讲，稼轩是为改善人们的不良情绪做出了贡献的人。

　　我为打从这个牌匾前经过的奔驰和宝马遗憾呢，它们跑得太快了！我分明看见稼轩的词从牌匾上冲出来，毅然地去追赶它们，却被它们不屑一顾地甩在了身后。

　　——这座城市的人们啊，当你经过"文化路"，却没有被稼轩的词抚慰一下，我以为你是没福气的。

我有个师兄，常用手机短信为我默写古诗词，开心的时候写，烦恼的时候也写。当他把稼轩的这首《贺新郎》完整地默写给我时，我回复他说："嘿！你和老辛联手完成了一项壮举——赋予我的手机以精魄。"

"我见青山多妩媚，料青山见我应如是。"当尘世的纷扰尘屑般落满你无辜的生命的时候，让这样明媚的句子掸走那恼人的忧烦。青山没有学会辜负。葆有与青山对话的兴致是一种不浅的"艳福"。遣那个精神的自我端坐于远离尘嚣的风景中，叩山为钟，抚水为琴，揽一面妩媚的镜子，惊喜地在里面照见另一个妩媚。

我知道。只要我还会思想，忧悒就会时刻觊觎我。当忧悒来袭，不论我置身何处，都希望自己心灵的窗衔一脉青山，我引那个不期然丢失了笑容的自己伫立窗前，游我之目，骋我之怀，字正腔圆地一遍遍吟哦辛稼轩的妙词："我见青山多妩媚，料青山见我应如是。"

微距看世界

近一些，再近一些，近到不超过两英寸，让时间在一种美妙的对视中凝固。

有个朋友，酷爱微距摄影。每次收到他的邮件，都盼着附件里贴着他新近的得意之作。借助他的镜头，我看到过绿蜘蛛身上长着俊俏的人脸，看到过卷曲的藤须与蜗牛的触角相触的奇妙瞬间，看到过蜜蜂站在娇美的花朵上抖落脚上沾染得过多的金色花粉，看到过不知名的植物种子整齐地坐在小船般的豆荚里待命出征……我点击鼠标，把可爱的小东西们放大，再放大。当花蕊成为森林，当叶脉成为道路，我就在这森林和道路面前唏嘘慨叹。

慨叹之余，我喜欢揣想那个举着笨重的单反相机在离自家不过一箭之遥的小植物园里寻寻觅觅的人。一挂蛛网，一滴露珠，都要变换角度拍摄上百张片子，回去之后放到电脑上一张张筛选。"镜头领着我走，我不得不走。"他这样说。——做一个微距镜头的俘虏，透过它的眼，看到这世界的精细、精微、精妙，这个人，何其幸福！

省察自心，遗憾地发现，太多的时刻，我的镜头都太过倨傲、太过粗疏。它总是渴望着阅读远方的风景，以为只有天边的云霞才叫云霞，以为只有天边的浪花才叫浪花。每一天，它都马不停蹄地错过，错过眼皮底下的种种精彩。

窗子衔了一脉山，每天我都有机会打量山的轮廓。习惯了遣意念登临山顶。有多久我没有去山上看望那些植物了？我回答不上来。"我忙。"我总爱这样说。这个托词，是从某一天起才彻底被我摒弃了的。那一天，一位老者对我说："想那仓颉，将'忙'字造成'心亡'，这是多大的智慧啊！"——原来，我的托词里，竟住着一个对自我的可怕诅咒。

在朋友的影响下，我走进了英国微距摄影大师布莱恩·瓦伦丁的世界。布莱恩·瓦伦丁原是一名微生物学家，退休后花费了六年的时间使自己的微距摄影技术日臻完美。在自家的后花园里，他拍摄了一组名为《露珠里的花朵》的经典之作——那些红的、粉的、紫的花朵，映射在一个个挑在草尖上的圆润朝露里，亦真亦幻，令人惊艳，令人叫绝。拍摄的时候，布莱恩·瓦伦丁的镜头距离摇摇欲坠的露珠不超过两英寸。转瞬即逝的美丽，就这样被爱怜地定格为永恒。

我想，镜头后面的那个人，一定是安静的，安静得如一枚端坐枝头香气内敛的果。

川端康成在他的《花未眠》一文中写道："美是邂逅所得，美是亲近所得。"这两个句子，多么适合拿来做微距摄影的广告语啊！不期然的靠近，使彼此恒久的拥有成为一种可能。俯身的时刻，心灵的高度获得了提升。镜头锁定一对蝶翼，飞起来的，是两个染香的灵魂。

近一些，再近一些，近到不超过两英寸，让时间在一种美妙的对视中凝固。

——微距看世界，你收获了一个全新的世界，亦收获了一个全新的自己。

开在石头上的美丽心花

心思总在一个地方流连，手指总在重复一种舞蹈，石头怎能不拥有丝绸样的灵魂？木头怎能不说出锦绣灿烂的语言？

听一位懂玉的老师讲玉。

他制作了漂亮的电子幻灯片，边轻点鼠标，边娓娓讲解——玉，石之美者。古人将玉道德化，说它具备"五德"：润泽以温，仁之方也；鳃理自外，可以知中，义之方也；其声舒扬，专以远闻，智之方也；不挠而折，勇之方也；锐廉而不忮，洁之方也……他沉浸在玉温润的光泽里，连声音都有了玉的舒扬。

他把玉讲出了花来！他一边讲，我一边偷眼觑着周围几个颈项上、手腕上戴了玉的女子，觉得她们仿佛登时骄矜地成为了美玉的代言人，又觉得古人赞玉、颂玉的雅词丽句仿佛都是写给她们的；甚至不远处一个名字里带"玉"字的女子也惹得我忍不住一眼一眼地频频观瞧，原本姿色平平的她，竟被我看瞧出了几分美艳。

老师讲到了玉的沁色，又讲到了玉的包浆。

——什么叫"包浆"？

这是听众中发出的一个小心翼翼的询问。

怎么？你连什么叫包浆都不知道吗？老师善意地笑着说，然后沉吟道，包浆嘛——哦，包浆就是包浆了！说完，连他自己都被逗得笑起来。

让我怎么说呢？包浆其实是世间最美丽的一种花朵。我查过《现代汉语词典》，还真没有包浆这个词。我先不作解释，先给你们举个例子吧。比如你们家铺的竹凉席，新买来的时候，上面难免有些毛刺，睡在上面，老不踏实的，因为说不定什么时候，它就可能往你肉里扎进一根牛毛般的细刺；而老家用过几十个夏天的凉席，光滑舒适，上面还有了一层光亮的东西，那东西就叫包浆。还有，老农民用了多少年的锄头，把柄上也会形成一层厚实的包浆。——明白了吗？大家不妨再想想看，还有什么东西上可能有包浆呢？

石器上。木器上。瓷器上。草编上。织物上……大家七嘴八舌地说。

老师说，很好，现在你们已经知道什么叫包浆了。我们是不是可以这样定义：一些器物，由于长年累月地被人使用或者厮守触摸，其表层形成的一种滑熟可喜、幽光沉静的蜡质物，这种蜡质物就叫包浆。

老师接着说，包浆承载岁月，见证光阴，铺满了包浆的古玉赏心悦目，温存可人。古人崇尚玉德，又讲究用人气养玉。养玉的过程，称作"盘"。古人又将盘玉分成了三种，即文盘、武盘、意盘。文盘用手摩挲；武盘用刷子刷，用绸子揉；最有趣的是意盘，顾名思义，意盘就是用意念去盘，你不停地想啊想，想它是个什么样子，它果然就成了什么样子⋯⋯

我们轻轻地笑了。

在这"三盘"里面，我不喜欢武盘，带着一个功利的目的去蹂躏那玉，即便形成了包浆，也一定既不养眼，也不养心。

我也不相信意盘，太荒唐，太玄虚，像气功大师的意念搬砖一样不可信。

我喜欢文盘。

我喜欢想象很久很久以前，有个人，很神气地佩了一块美玉，也好比是，随身携了一个精神的引领者。闲来无事，就爱用手去触摸亲近它一番。那指纹认得了那玉，那玉也认得了那指纹。手在一块通灵的石头上从容地游移，所有的杂念都被荡涤得一干二净，狂躁、嫉恨、猜疑、焦虑、厌倦、忧悒等不良情绪统统被挡在了心域之外。那一刻，乾坤清朗，花儿开放，玉的精神和人的精神融为一体，难分彼此。

那个比方真好——包浆其实是世间最美丽的一种花朵。爱玉的人，会情不自禁地用爱抚的方式去领悟玉的美德。盘玩的过程，其实是一个"玉我同化"的过程。玉在我手上，我在玉心里。说到底，包浆其实是爱玉者慨然赠予玉石的一朵手感细腻温润的心花。

心思总在一个地方流连，手指总在重复一种舞蹈，石头怎能不拥有丝绸样的灵魂？木头怎能不说出锦绣灿烂的语言？

——我愿意倾心去盘一块玉，让包浆成为它惊世的华服；也愿意让那块玉来盘我，让我的爱作别鄙陋与毛糙，开出世间最沉静、最美丽的花朵。

第四辑
这个星球有你

被误解的痛，幻化成一
条细到可以忽略不计的
蛛丝，随手抹掉或者交
付风儿，都可以微笑着
接受。

这个星球有你

被误解的痛，幻化成一条细到可以忽略不计的蛛丝，随手抹掉或者交付风儿，都可以微笑着接受。

彭先生打来电话，邀我去西部教师培训会上讲座。尽管与彭先生仅有一面之交，但还是愉快地应允了。

撂了电话，翻一下工作安排，发现居然与一个会议撞车了。连忙打电话向操持会议的人请假。对方沉吟了片刻，半开玩笑地扔过来一句："去走穴？"问得人火往头上拱，又不便发作，赔着笑说："跟商业不沾边。组织者提供交通、食宿费用，不安排旅游。我的讲座是零报酬。"对方听了，用洞悉一切的口吻说："哦？零报酬？那不是他们太不仗义就是你太仗义了吧？——来这个会还是去那个会，你自己掂对吧。"

我好难"掂对"！

我跟自己说："何苦来？背着一口黑锅去搞什么鬼讲座！"

可是，答应了的事又怎好反悔？我需要寻觅一个推掉讲座的充分理由。

我上网搜索彭先生的背景材料。

彭先生本是名牌大学的高材生，毕业后到天津市某家知名软件公司做软件企划。朝阳的年纪，做着一份朝阳的工作，惹来许多人艳羡。但是，突然有一天，他毅然决然地辞去工作，做了一名自愿"流放"西部的 IT 人。

促使彭先生下决心去西部的，是一对苦难的母女。

冬季的傍晚，彭先生从公司下班回家，发现车胎没气了，便把车推到一个修车摊去修理。三九天气，刀子风刮得人脸生疼。为他补胎的是一个进城打工的女人。女人身边，是她五六岁的女儿。小女孩渴了，一直缠着妈妈要水喝。但妈妈忙着锉胎、涂胶，腾不出手来给女儿弄水。小女孩见妈妈实在顾不上自己，便趴在试漏的水盆前，小声地问妈妈："妈妈，这盆里的水能喝吗？"没等妈妈回答，渴极了的小女孩居然把头伸向了那飘着浮冰的脏水盆……这一切发生得那么突然，彭先生的心被揪疼了。他赶忙跑到最近的一家商店，买了几瓶牛奶，以最快的速度跑回来交到小女孩手中……

第二天上班后，整个上午，彭先生全身都在发抖。他事后说："在离我们公司不到五百米远的地方，竟有如此苦难的事情发生！而我却坐在有空调、有暖气的办公室里……这件事是一个导火索，它把我几年来想好的事情一下子提前了；或者说，好比是一个朋友打来电话，让我赶紧去做更应该做的事。我再不能等下去了！"

他于是去了甘肃省那个叫黄羊川的地方。义务支教，分文不取。

当他坐在一户姓王人家的炕头，吃着读到四年级就因贫困而辍学的女孩烤的土豆时，他哭了。

当他在另一户人家，听到一个做了母亲的人说因为没念完书而一直后悔着、怨恨着时，他哭了。

通过努力，他让黄羊川的中学生每周吃上了一次肉。

通过努力，他让黄羊川连上了互联网并拥有了自己的网页。

因为看到了这样一个事实：越穷越不重视教育，越不重视教育越穷。他决心用教育拯救这片土地……

在他的影响下，他的一位在中央气象局工作的同学毅然辞职，来到黄羊川，做了一名长期固定教师。

……

我原本寻觅疏离缘由的心，此刻却被亲近的热望塞得满满。在这些故事面前，一口"黑锅"显得多么微不足道！被误解的痛，幻化成一条细到可以忽略不计的蛛丝，随手抹掉或者交付风儿，都可以微笑着接受。

孙红雷有个广告说："我们都是有故事的人。"这句话多么适合彭先生！这年头，有故事的人很多；但是，彭先生的故事却堪称高品位。有故事的人没有四处张扬自己的故事，幸运地分享了这故事的人一直在心中说着那句古语："虽不能至，然心向往之。"我不知道那些津津乐道于"血酬定律"的人该如何从学术的角度解读彭先生的行为，我不知道哪个聪明人能有本事为彭先生的发抖和流泪标价。《博弈圣经》上说："生存的游戏就是利己主义和利他主义之间的博弈。"利己的人，喜欢用本能为自己开脱；利他的人，却不好意思用本能给自己贴金。本能，是生命所接受的教育总和在某个瞬间的大暴露。有的人，利己是本能；而有的人，利他是本能。这就可以解释为什么有人一听到"讲座"这个词，第一反应就是酬劳，而彭先生一看到别人受苦挣扎，拯救的欲望立刻就主宰他的生命了。

——我决意充当那个可有可无的会议的叛逃者。

——我决意把多年淘得的教育真金悉数献给西部。

——我决意将新出版的书赠予那些与我今生有约的西部同行。

我发给彭先生的短信是："这个星球有你，我多了一重微笑的理由。"

分享生命

　　当你觉得难以自给自足的时候，就把你拥有的分一些给他人吧，这样你就会知道，自己原来多么富有。

　　有个登山者在山中遇到了暴风雪，因而迷了路。这场暴风雪是他始料未及的，他的御寒装备不足。他明白，如果不尽快找到避寒处，就非被冻死不可。风雪扑打着他、撕咬着他，他汗湿的手套早已成了两块儿冰坨子。他走啊走啊，不敢停歇下来；但即便如此，他的四肢还是被冻得麻痹了。他抬着越来越沉重的双腿，绝望地想："……不多了，上帝给我的时间已经不多了。"就在这个时候，他的脚踢到了一样硬邦邦的东西，低头仔细看看，居然是一个人！原来这不幸的人已快冻僵了，倒在地上，不能动弹。登山者停了下来，发现自己面临着一个困难的选择：是继续赶路设法拯救自己，还是留下来设法拯救这个生命垂危的陌路人？短短一瞬间，他就下定了决心。只见他毅然在那垂危者的身边跪下，甩掉手套，开始按摩他的双手和双腿。没过多久，那人的血脉就流通了；而登山者在助人的过程中也不期然地暖透了自己的双手乃至身心。最后，这两个人互相扶持着、拖拽着，终于走出了风雪肆虐的大山⋯⋯

后来，一位哲人听到了这故事，他沉吟了许久，然后说："当你觉得难以自给自足的时候，就把你拥有的分一些给他人吧，这样你就会知道，自己原来多么富有。"

留守寸土

谢谢你教会了我如何倾尽全力诵读自己人生的台词，谢谢你教会了我如何把哪怕仅有一寸的灵魂圣土也侍弄得美艳芳香。

那是一天深夜，电话铃响。拿起话筒，是一个女人的声音："老师，我是您班学生郑亮的妈妈——这么晚了打搅您，真不好意思——有件事想问问您：郑亮这两天没出什么事吧？"我吓了一跳，忙问："郑亮没有回家？"郑亮妈妈说："回了，只是着了魔似的，反反复复地说，'这是不公平的。'现在，他睡下了，我放心不下，就给你拨了这个电话。"

——不公平？有什么不公平的呢？这几天我忙于跑自己调动的事，班里工作有些放手，难道说就在我不在的时候，郑亮跟同学们发生过龃龉？

我心里没底，可嘴上却故作轻松地劝慰了郑亮妈妈一番。

第二天一早，我到班里组织晨读。按照头一天晚自习预习时分配好的角色，大家开始兴致勃勃地朗读新课文——《雷雨》第二幕。我却无心听周朴园和鲁侍萍的精彩对白，只是思忖着晨读后如何"提审"郑亮，再如何编织一个新理由请假出去，到那个我梦寐以求的单位去拜望一下据说是对我颇感兴趣的老总。

突然，同学们哄笑起来，抬眼看时，只见郑亮脸孔红红地从座位上站起身——该他读了。他分到的是周冲这个角色。只听他大声读道："爸爸，这是不公平的。"读罢，带着成功的欣悦坐下了。

我忙低下头看书——可不是么，周冲就只有这一句台词！

猛然间，我彻底明白了昨天晚上发生在郑家的一幕。原来，这男孩领到自己的角色之后，一直在"着了魔"般地诵读那仅有的一句台词。他没有因为自己角色的卑微而沉郁失落，也没有因为台词太少而掉以轻心，他用心揣摩着、玩味着、掂量着、把握着，他是要给这句至短的台词注入无比丰沛的情感啊！

我听不清周朴园和鲁大海在争执些什么，只管用欣赏的目光直视着那个只分到了一句台词的男孩，我想对他说："谢谢你，谢谢你教会了我如何倾尽全力诵读自己人生的台词，谢谢你教会了我如何把哪怕仅有一寸的灵魂圣土也侍弄得美艳芳香。"

……

"雷雨"远去了，男孩远去了，至今仍留守在三尺讲台的，是我一颗暖暖的心。

捐赠天堂

　　多希望童年的一次真诚付出被人镂骨铭心地牢记着，逐渐增值成一笔千金不换的财富……

　　单位号召大家为灾区捐物，同事们纷纷拿来了衣服鞋帽日常用品等物。同事李子拎来了一个特大的包，里面除了四季衣物之外还有一对母子毛毛熊以及几条漂亮的发带。李子解释说："这些小玩意儿全都是我那宝贝闺女给塞进来的。昨天我下班回家，说咱们单位让给灾区捐物呢，我闺女不明白捐物是怎么回事，非要让我给她讲讲不可。哎呀，这一讲可不要紧，那小公主竟然抹起眼泪来！她跟我说：'爸爸，那些灾区的小朋友连衣服都穿不上，肯定没有毛毛熊也没有发带，求求你把这些东西给他们吧。'"李子把那只熊妈妈翻过来，只见它的肚皮上贴着一小块橡皮膏，上面歪歪扭扭地写着四个字："祝你快乐。"

　　"好一个爱煞人的小天使！"我在心里这样说，眼睛有些泛潮。我很自然地联想到了至今还珍存在我家匣子里的那两张剪纸。

那是两张"四不像"剪纸。刀法笨拙粗陋。我甚至敢说，它们是我所见过的最糟糕的剪纸。徐第一次朝我炫耀它时，我大笑着对他说："不是跟你吹牛，本姑娘闭着眼睛都能剪得比这好十倍！"徐一脸肃穆，他说："如果你知道了关于它的故事，你就再也不会嘲笑它了。"

徐是唐山人，1976 年唐山大地震时他还是个孩子。那 7.8 级的强烈地震无情地毁灭了他的家园，夺走了他的母亲……开学了，他便擦干血与泪水去上学。

在临时搭建的抗震棚里，老师把外地同学捐赠的书本分发给大家。他分到的书很新，翻开看时，竟发现里面有两张剪纸！徐高兴得欢呼起来。这欢呼引来了全班的同学，大家妒嫉地分享了他那份巨大的欢乐……

"要知道，"徐动情地对我说，"在废墟掩埋了一切的背景下，这两张剪纸带给一个可怜孩子的可是一份奢侈至极的欢愉呀！我想，在这个世界上，大概只有孩子才最懂得孩子：他爱的，就相信小朋友一定也爱。他小心翼翼捧在手里的有可能只是几粒石子甚至一块泥巴，但当他慷慨地把这作为礼物赠送给一个极想得到它的伙伴时，他们就共有了一个天堂——童趣永远是大人们无法涉足的一块福地。当你明白了十克拉的钻石比一只玻璃球值钱时，那你就已悲惨地长大，你再也不可能拥有那种至纯至净至善至美的天使之心了。"

我听神话般地听着他的讲述，不知什么时候已把那两张曾给予他莫大欢乐与安慰的剪纸贴在了自己的胸前。我说："很可惜，我们不知道这剪纸出自哪个孩子的手。"

徐轻叹道："我问过老师，老师只说那批书来自石家庄。"我无声地淌下泪来，终于明白了徐为什么对我这个石家庄籍的女孩一见倾情。我多希望自己就是这两张剪纸的赠送者，多希望童年的一次真诚付出被人镂骨铭心地牢记着，逐渐增值成一笔千金不换的财富……

我不知道那毛毛熊和发带又将演绎出怎样一个美丽动人的故事，我只知道一颗童心捐赠了一个真正的天堂。

别丢了坎蒂德

他把森林的照片一张张翻给同事们看，像炫耀自己年轻貌美的未婚妻。

儿子打来电话，没聊上几句，我就急着问他："坎蒂德怎么样了？他走了吗？"

儿子笑起来，"妈，你怎么这么惦记他呀？我都嫉妒了！"

儿子在英国剑桥 CSR 公司工作。刚一上班的时候，他就告诉我说，与他对坐的是一个葡萄牙人，名叫坎蒂德。坎蒂德的工号是 12 号，年纪不大，尚未娶妻，却是这个公司地道的元老级人物了。公司排前二十个工号的只剩了三个人，只有坎蒂德一直没有当官，不是因为他缺乏能力，而是因为他不感兴趣。

"他可牛了！"儿子说，"他是全公司员工在技术方面请教的中心，据说他的钱多到可以在伦敦买上几栋楼呢！"

就是这个"可牛了"的坎蒂德整天穿得叫花子似的，上下班骑一辆破自行车。

"他是刻意藏富吧？"我问。

儿子说："我看不像。他的兴趣不在吃穿用度上。"

——当官没兴趣，吃穿用度也不讲究，那这个坎蒂德"情感的出口"究竟在哪里呢？

儿子说，坎蒂德是个"超慈悲""超热爱大自然"的人。他去了一趟养鸡场，看到速成鸡被囚禁在不能转身的笼子里，参观者被告知不可大声讲话，否则这些心脏特别脆弱的鸡就会被当场吓死，回来后，坎蒂德就开始吃素了。他说，他好可怜那些鸡；他还说，他有时候会莫名思念那些鸡，很想去探视它们，却又没有勇气。

三个月前，坎蒂德利用休假回到葡萄牙，投注了一笔巨资。

儿子让我猜猜他买了什么。

我说："别墅？土地？度假村……"

儿子说："都不是。他买了一座森林。"

休假结束回到公司，坎蒂德每天惦念他的森林。他把森林的照片一张张翻给同事们看，像炫耀自己年轻貌美的未婚妻。

他告诉我儿子说，他准备辞职，回家去照顾他的森林。他在英国置办了高档的摄像机、照相机、放大镜、显微镜，说是回去后要好好观察研究森林里的各种植物与昆虫。

2008 年，剑桥大学在剑河畔为中国诗人徐志摩立了一块大理石诗碑，碑上刻着徐志摩《再别康桥》一诗中的四句话："轻

轻的我走了 / 正如我轻轻的来 / 我挥一挥衣袖 / 不带走一片云彩。"碑上只刻了中文,并无英文译文。坎蒂德央我儿子为他翻译。我儿子不但为他翻译了那四句诗,还告诉他说,自己的父亲也是个诗人,并且也姓徐。坎蒂德听了,非常高兴。他说,他愿意随时恭候中国诗人的儿子游览葡萄牙,游览他美丽的森林。

坎蒂德是在 2011 年 12 月 2 日那天离开剑桥的。临走前,公司的同事们按惯例为他"凑份子"送行。一笔可观的英镑打到了一张卡上,送到了他的手中。他一拿到那张卡,立刻让我儿子和他一起在网上查找非洲一个救助饥饿儿童的网站,查到后将钱悉数捐了出去。坎蒂德举着那张分文不剩的空卡,开心地对我儿子说:"这个,我要收藏的。"

——我多么愿意让儿子一辈子都与这样的人做同事啊!工作出色,内心澄澈,酷爱自然,悲天悯人,不为外物所役,不为虚名所累,有本事赚钱,更有本事把钱花在给生命带来无边欢悦的地方。

"永远不要丢了坎蒂德。不管多远,都与他保持联系吧。"我这样嘱咐儿子。

还有人活着吗

我的泪，为人类高贵的精神而抛洒。

"喂——还有人活着吗？还有人活着吗？"

这是影片《泰坦尼克号》中救生艇返回救人时的喊话。他们来晚了一步，那么多人带着生的信念冻僵了。此刻，躺在木板上的露丝用无比微弱的声音喊着："回来……回来……"然而，救生艇上的人没有听到这声音。就在那载着生之希望的船又掉头离去的时候，露丝勇敢地滚到了冰海之中，挣扎着游到一具尸体旁，拿到并吹响了那只救命的哨子……

顿时，影院里掌声雷动，有许多人激动得哭出声来。

——这是 1998 年春季一个寻常的下午，我在河北省唐山市一家影院目睹的一幕动人情景。

一座拥有抗震纪念碑的英雄城市，一座可以让红玫瑰和紫罗兰做梦的花园城市，一座会开采乌金、会烧制陶瓷的伟大城市，却怎么也禁受不住一两句寻人问话、三四声求生哨音的轻轻触动。在这似曾相识的细节面前，唐山竟孩子般地哭出声来。"还有人活着吗？"这一句问话在二十二年前的地震废墟上无异于天国福音哪！

田惠敏听到过这声音。1976 年 7 月 28 日凌晨，当高大的住宅楼轰然倒塌时，田惠敏被埋在废墟中。她那平日令人羡慕的长辫被死死地压在一大块楼板下面，头和颈都不能转动，她哭着、喊着，用手拼命地揪断那有可能让她搭上性命的长长青丝，一绺绺、一根根。双手勒得淌血了，她便用那血水濡湿干裂的嘴唇。三天过去了，她终于盼来了那一声"还有人活着吗"的亲切问询……当她被和她一样双手淌血的叔叔从瓦砾堆中推扒出来时，她抱住那陌生的叔叔，两人一起放声大哭。

片冈登听到过这声音。大地震发生时，片冈登正在宾馆的一个房间里梦着故乡的樱花。那突如其来的 7.8 级地震吓得他魂飞魄散，他以为自己死定了。两块楼板夹着他，使他动弹不得。他绝望地操着母语高喊求救。在那一瞬间，他想了很多很多，他甚至想到上帝是不是要让他代表一个民族来向另一个民族赔罪……可是，他想错了。没过多久，他就听到有人用不太熟的日语高喊："日本朋友，你还活着吗？你在哪里？"片冈登闻声，泪如雨下。

卢桂兰听到过这声音。这个被埋在医院的废墟中整整十三个昼夜的非凡的女人哪，永不绝望地在黑暗中等待着、等待着。她撕烂自己的裤子蘸了尿液一点点往嘴里挤，她想着阳光下自己经历过的一桩桩美事、乐事。也不停地跟自己小小的"难友"——一只嗡嗡乱飞的苍蝇喃喃细语。地老了，天荒了，终于盼来了一位衡水籍的小战士。那战士忙了一整天，准备回去用晚饭了。走过医院废墟时，他照例像往日一样，边走边喊："还有人活着吗？有吗？"卢桂兰马上接着话茬儿喊道："有！我是人，不是鬼。我叫卢桂兰，家住南兴街……"卢桂兰得救了。十六年后，她坐在中央电视台《综艺大观》的演播现场，向亿万观众讲述她"两世为人"的真实故事。

而今，我坐在离抗震纪念碑最近的一家影院里，陪着那些真诚流泪的人们流泪。我的泪不是卡梅隆"导"下来的，也不是温斯莱特、迪卡普里奥演下来的。我的泪，为人类高贵的精神而抛洒。

门的悬念

它把一个易碎的梦大胆交到孩子们手中，让他们在美丽的忧惧中学会了珍惜与呵护。

学校大厅的门被踢破了。

可怜的门，自打安上那天起，几乎就没有一天不挨踢。十五六岁的少年，正是撒欢儿的年龄。用脚开门，用脚关门，早成了不足为奇的大众行为。学校教导员为此伤透了脑筋，他曾在门上张贴过五花八门的警示语，什么"足下留情""我是门，我也怕痛"，诸如此类。可是，不顶用。

大厅门破的那一天，教导员找到校长：干脆，换成大铁门——他们脚上不是长着牙吗？那就让他们去"啃"那铁家伙吧！

校长笑了，说，放心吧，我已经订做了最坚固的门。很快，旧门被拆下来，新门被装上去。

新装的大门似乎挺带"人缘"，装上以后居然没有挨过一次踢。孩子们走到门口，总是不由自主地放慢脚步。阳光随着门扉旋转，灿灿的金子洒了少年一身一脸。穿越的时刻，少年的心感到了爱与被爱的欣幸。

这道门怎能不坚固——它捧出一份足金的信任，它把一个易碎的梦大胆交到孩子们手中，让他们在美丽的忧惧中学会了珍惜与呵护。

——这是一道玻璃门。

你的手语那么美

孩子，我不知道自己积了什么德，老天竟把你派了来，你一来，我就看到光亮了！

出差的时候，与聋哑学校的小吴老师共居一室。很快我就发现，她的手语打得美极了。此前我也曾注意过电视上一些附带手语解说的节目，但从没见过哪个手语播音员能把手语打得像小吴老师这么既斩截又温婉、既流畅又明晰，富有极强的观赏性和艺术感染力。

饶有兴味地跟她学了一些简单的手语，也知道了在那座小小的城市里，她有不少"手语朋友"。

她告诉我，在她的手语朋友中有一个修鞋的老爷子。她去他那里修鞋，也拉女伴去他那里修鞋，还充当老爷子与顾客之间的翻译，有时候，她居然和老爷子站在一起，跟那些刁蛮无理的顾客吵架。小吴老师说："我特别受不了他们欺负一个聋哑人！"

"有一回，一个衣着入时的女人来修鞋。鞋修好后，她横挑鼻子竖挑眼，不光少给钱，还拿话羞辱老爷子。我实在看不下去了，说：'姐姐，你说的这些话，他听不到，但天听得到。'她嗷叫着跳起来，指着我的鼻尖问：'他是你爹？'我一听，也恼了，跟她对吵起来。我俩掐得很凶，招来不少看热闹的。所有看热闹的人无一例外地向着我。那女的一看不妙，落荒而逃。我把我俩吵架的精彩内容用手语翻译给老爷子听，老爷子听了，特感动，跟我'说'：'孩子，你比我亲闺女还让我觉得亲！我一个又脏又穷、又聋又哑的老头子，谁愿意拿正眼看我？我苦，我闷，我不开心。看着路上的人们有说有笑，我馋呀……孩子，我不知道自己积了什么德，老天竟把你派了来，你一来，我就看到光亮了！一想到你这么一个漂亮得像花儿一样的姑娘，不但照顾我生意，还愿意跟我说话儿，还愿意为我撑腰，我做梦都会笑醒啊！闺女呀，你以后常来跟我说说话儿吧。'就这样，我俩成了特铁的朋友。有时候我外出办事，会特意拐到他的修鞋摊，让他边干活边'听'我讲最近的国家大事和我们这座城市的新闻。他高兴极了。我工作一忙起来，也会顾不上看他，再见面时，他生气地说：'还闺女呢！这么久都不来看我，也不怕我憋闷死！'我赶紧跟他道歉。——唉，碰上这么一个爱撒娇的老爷子，不哄着点，又能咋办？"

　　我久久地望着美丽的小吴老师，用她刚教会我的手语说："我爱你。"

你不能施舍给我翅膀

我们不可能成为统辖他人的帝王，但是我们可以做自己的帝王！

在蛾子的世界里，有一种蛾子名叫"帝王蛾"。

以"帝王"来命名一只蛾子，你也许会说，这也未免太夸张了吧？不错，如若它仅仅以其长达几十厘米的双翼赢得了这样的名号，那的确是有夸张之嫌；但是，当你知道了它是怎样冲破命运的苛刻设定，艰难地走出恒久的死寂，从而拥有飞翔的快乐时，你就一定会觉得那一顶"帝王"的冠冕真的是非它莫属。

帝王蛾的幼虫是在一个洞口极其狭小的茧中度过的。当它的生命要发生质的飞跃时，这天定的狭小通道，对它来说无疑成了鬼门关。那娇嫩的身躯必须拼尽全力才可以破茧而出。太多太多的幼虫在往外冲杀的时候力竭身亡，不幸成了"飞翔"

这个词的悲壮祭品。

有人怀了悲悯恻隐之心，企图将那幼虫的生命通道修得宽阔一些，他们拿来剪刀，把茧子的洞口剪大。这样以来，茧中的幼虫不必费多大的力气，轻易就从那个牢笼里钻了出来。但是，所有因得了救助见到天日的蛾子都不是真正的帝王蛾——它们无论如何也飞不起来，只能拖着丧失了飞翔功能的累赘的双翅在地上笨拙地爬行！原来，那"鬼门关"一般的狭小茧洞恰是帮助帝王蛾幼虫两翼成长的关键所在，穿越的时刻，通过用力挤压，血液才能顺利送到蛾翼的组织中去；唯有两翼充血，帝王蛾才能振翅飞翔。人为地将茧洞剪大，蛾子的翼翅就失去充血的机会，生出来的帝王蛾便永远与飞翔绝缘。

没有谁能够施舍给帝王蛾一双奋飞的翅膀。

我们不可能成为统辖他人的帝王，但是我们可以做自己的帝王！不惧怕穿越狭长墨黑的隧道，不指望一双怜悯的手送来廉价的资助，将血肉之躯筑成一支英勇无畏的箭镞，带着呼啸的风声，携着永不坠落的梦想，拼力穿透命运设置的重重险阻，义无反顾地射向寥廓美丽的长天。

给它一个攀爬的理由

我思维的卷须上生出一个个小小的吸盘，有自嘲，有自省，有自警，有自励。

秃的墙，没有看头。便有邻居建议，干脆，咱种些爬山虎吧，不消两年，这墙就全绿了。

爬山虎是一种皮实的植物，很容易活。"压条"后，叶子打了两天蔫儿，但一场雨过后，打蔫儿的叶子下面就冒出了红褐色的新芽。

接下来的一切似乎应该没有悬念了，墙在侧，"虎"善爬，听凭它们由着性子去编织美丽故事好了。

然而不然。爬山虎竟然背弃了那墙，毫无章法地爬了一地。

"怪了！这些爬山虎的'虎气'哪里去了？怎么跟地瓜秧一个脾性了？"一位邻居讶异地说。

我们请来了生物老师。他告诉我们说，墙面太光滑了，爬山虎卷须上的粘性吸盘无法吸附在上面，要将墙弄成麻面才行。

说干就干。我们借了电钻，开始兴致勃勃地破坏那墙面。

经过小半天的奋战，墙体变得面目全非了。我们又不辞辛苦地拉来水管，冲净了那蒙在爬山虎叶子上的白灰，又将那长长的爬山虎藤条一根根搭到墙上的花窗孔中，然后正告它们道："这下，你要是还不爬，可就没有道理啦！"

居然，它还是不爬！

生物老师又来了。他挠着头皮说："可能是原先生出的粘性吸盘已经过性了，也就是说，它们在最适合找到攀附物的时候没能找到攀附物，吸盘就在藤条上干枯了；而藤条顶端嫩芽上新生的吸盘又无力带动那么沉重的一根藤条，所以，这爬山虎就难往上爬了。"

看着匍匐一地的爬山虎，我们万分沮丧。

以为只能这样了——新的藤条从根部滋出后，张开眼，欣欣然发现旁侧已有我们殷勤打出的适于攀爬的墙面，于是欢呼着，将卷须上小小的吸盘快乐地吸附于墙面，开始了傲视前辈地向上奔跑；而匍匐的藤条只有怨恨地委身地面，看别人飞翔。

清晨，我照例路过那面令人纠结的墙去上班。却见一位父亲带着一个男孩在那面墙前忙碌。再仔细看时，我惊叫了起来。——天！那父子俩居然在用透明胶条一根根往墙上粘那藤条！他们已经粘了十几根了。丑陋的墙，被漂亮的绿藤装饰出诗意。

我对那父亲说:"你真行啊!太有创意了!"

那父亲嘿嘿一笑说:"不是我,是我儿子想出的办法。跟咱们一样,他也在暗暗为这些爬山虎用力啊!看它们实在爬不上去了,他就说:咱们帮它们爬上去,这样,后长出的藤条借着老藤条往上爬,会更容易些……"

如今,那面墙已经被深深浅浅的绿所覆盖,大概很少有人想起这一墙爬山虎初始的故事了吧?而我却不能忘怀。每次走到这里,我都忍不住驻足。我思维的卷须上生出一个个小小的吸盘,有自嘲,有自省,有自警,有自励。作为一名教育工作者,我问自己,我是否给了每一株怀有向上热望的爬山虎一个攀爬的理由?当理想的藤条在现实面前怆然扑地,我能否像那个可爱的男孩一样,不沮丧、不懊恼、不怨艾,智慧地拿出自己的补救方案,将一根根自暴自弃的藤条抬举到梦的高度?

第五辑
小时候的云彩

如果我偶一抬头，碰巧
看到一朵真实的白云美
美地嵌在干净的玻璃
窗上，那我该多么欣
喜……

让树根朝着水的方向奔跑

在这个星球上，没有哪棵参天大树是凭靠人力浇灌才长到梦的高度的。

读林清玄的《桃花心木》，十分欣赏里面那个种树人。他将小树苗栽进土里之后，就开始模拟老天下雨的样子浇水，有时隔三天浇一回，有时隔五天浇一回。他不想让桃花心木摸到规律，生怕它因此生出"依赖的心"。有时，他甚至不惜让树苗干渴，"狠心"地辜负着它的期待。他的用心十分清楚，那就是，让桃花心木的根学着自己去寻找水源，因为只有这样，它的根才可以扎得深、扎得远，才不至于被狂风、干旱掠走了青绿，才可能长成供人仰视的参天巨木。

如果我们把种树人唤作"狠心人"的话，那么，在他的反面则站着一个"好心人"。这个"好心人"的心是棉花糖做的。当他看到一只蝴蝶拼死破茧，他不忍了。他想，那么柔弱的一

129

个小生命，怎能扛得住从蛹的小孔中挣扎而出的痛苦，不如帮帮它吧。于是，他找来了剪刀，好心地帮助蝴蝶将孔洞剪大。蝴蝶得了外力相助，很顺畅地就通过了那个"鬼门关"。但是，由于翅膀不曾通过用力挤压而充血，被救助的蝴蝶彻底丧失了飞翔的能力。

第一个人因深谙植物向水性的特点而智慧地"虐树"，第二个人因深怜蝴蝶的死命挣扎而聪明地"剪蛹"。在太多人心中，智慧即等于聪明；其实，智慧与聪明之间，是永远不可能画等号的。

我不知道天下父母是否从这两则故事中读出了自己。你是（或接近）他们中的哪一个呢？

在大连海边，我看到了这样一座雕像——孩子初见大海，脸上写满惊异；孩子的母亲则背向大海蹲下，为孩子系着松开的鞋带。应该说，这是一座构思巧妙的雕像，它运用了"婉曲"的手法，描摹出了孩子眼中大海的壮阔奇绝。但是，我却在这个场景中温习了太多母亲"爱的习惯动作"。我有个朋友，在任何地方都可以坦然蹲下来为儿子系鞋带。我问她："你为什么不让他自己学着系呢？"她说："他笨手笨脚的，系一个鞋带需要老半天；我给他系，三秒钟搞定！"我说："你要为他系一辈子鞋带吗？孩子系一个鞋带需要老半天，那是因为你残忍地剥夺了他自己系鞋带的权利。如果你给他机会，他系好鞋带的时间一定会越来越短，甚至打破你三秒的记录也不是没有可能。

但是，每一次你都贪图方便，强行为孩子代劳——他的笨手笨脚，是你一手打造的啊！"

据说一个化学教授选择研究生时，一定要亲眼看他点燃、熄灭一次酒精灯；而许多人恰恰就是在这一关上被斩掉的。我想，一个长到十来岁了还"幸福"地被妈妈抢着系鞋带的孩子，他的手，比脚灵活不到哪儿去，点酒精灯时不引起火灾就得念阿弥陀佛了。

我发现身边热衷"剪蛹"的人可真多啊！他们离那个智慧的种树人实在太远了。"凭什么要我'虐树'啊？与其'虐树'，不如自虐！"——他们会这样叫嚣。有个老人，带着他从美国归来的外孙乘地铁。一上车，老头儿就身手不凡地抢了个座位，外孙刚要指责他"没教养"，不想，老头儿居然把抢来的座位让给外孙坐——为晚辈效忠效力，恰是许多老年人引以为豪的嗜好。

有个母亲也曾是个资深剪蛹人，退休后才恍悟自己全心全意为家庭和社会培养了一个极端自私自利又无德无能的渣滓。面对乞求她拿出"鲜嫩的骨头"供自己啃噬的逆子，她哀嚎："孩子，你搬出去住吧！"我把这个母亲的泣血哭诉打印了好几份，分送给我的同事。我说："吃点'抗慈丸'，别得'爱之病'。"

——让树根朝着水的方向奔跑，是我们对树的大爱，也是我们对树的尊重，更是我们对世界的明天做出的贡献。因为我们不能陪孩子一辈子，所以我们不能立志为孩子系一辈子鞋带、抢一辈子座位。在这个星球上，没有哪棵参天大树是凭靠人力浇灌才长到梦的高度的。模拟着老天的样子让桃花心木三旱两涝，这不叫缺乏爱，这叫善于爱。不要被"畸爱"驱使着去充当那个愚昧的剪蛹人，不要让丧失了飞翔能力的蝴蝶痛苦地把我们称作"凶手"。相信吧，那能够按照正确顺序利落地点燃、熄灭酒精灯的人，一定是那个瞬间就能将鞋带系好的人。

书　疗

书可疗伤，书可疗俗，书可御寒，书可却暑。

忧时喜时，都愿意去亲近书。

最近一段时间，迷上了重温。那感觉，像是在重访故人，更像是在重访自己。

当忧伤劫持了我，早就学会了"书疗"。抛掉沉重的专业书籍，不要带任何功利色彩，宠着自己的阅读口味，读自己"最有感觉"的书。

多少次，我从自家的书架上拣出雨果的那部《悲惨世界》。我要会晤十六岁那年结识的小珂赛特。我要看一看，穿着破旧衣服的珂赛特，还走在去森林里提水的夜路上吗？路过笼在蜡烛光里的玩具店的时候，她又偷眼看那穿着紫红衣服的洋娃娃了没有？当这个八岁的女孩提着沉重的水桶走在可怕的夜路上的时候，那只大手有没有悄悄伸过来，使她陡然感到水桶变轻了许多……那只大手，在拿走了珂赛特水桶重量的同时，也拿走了我的忧伤。清晰地记得，我在这页书上哭过；如今，我又重拾了那哭。感谢雨果，感谢他再一次抚慰了我。想起那一年，在法国的"先贤祠"前，央人给我拍了许多许多照片，心里有个温柔的声音在说：就当是与长眠在这里的雨果合影了吧。今年初春，一家电视台邀我去担任"西方人文大师"主讲，让我从众多的大师中挑选一位自己"中意"的作家。"雨果！"我不假思索地说。对方笑了，说："啊？怎么这么多人都抢雨果呀！不好意思，雨果已经被人选走了，你另选一位吧。"我于是选了巴尔扎克，因为讲巴尔扎克注定绕不过雨果。二百多年了，悲悯的雨果，一直用他的作品降着悲悯的甘霖，给尘世间焦渴的人们带来福祉。

很久以前，读海子的诗。看他写："梭罗这人有脑子／梭罗手头没有别的／抓住了一根棒木／那木棍揍了我／狠狠揍了我／像春天揍了我……"我懵了。在我心里，伟大的作家总是要"救人"的，可是，海子却说，这位作家是在"揍人"。某一些时日，正春风得意，驱遣着自己随梭罗再一次走近他那片静谧澄澈的湖水。当听他说"我宁愿独自坐在一只南瓜上，而不愿拥挤地坐在天鹅绒的座垫上"时，我突然就想起了海子的诗，果真就是被木棒"狠狠揍了"的感觉啊！不幸被梭罗言中，我不就是热烈地向往着"拥挤地坐在天鹅绒的座垫上"的一个至俗的人吗？最初阅读的时候，这个精妙的句子怎么会被我粗疏的心轻易忽略了呢？而今天，这个句子举着一根多情的"棒木"，索命般地揍了我。而这样的挨揍，又是多么美妙、多么值得记述啊！难怪海子说"像春天揍了我"，这样的训诫，凛冽中裹着暖意，让你在一个寒战之后不期然看见了枝上鼓胀的花蕾，你清醒极了、充盈极了。一个傲然独坐在南瓜上的剪影，越来越清晰地呈现在你面前，除了膜拜，你不知道自己还能做些什么。

从台湾来的毛老师认真地问我："为什么那些在世博会上排队等待的人们不带着一本书呢？"我被问得张口结舌，却记得在去看世博的时候，往包里塞了一本书。我替那些忘了带书的人羞惭。那些在长队里百无聊赖地玩手机的人，舍弃了被好书抚慰一下的美好机缘。

好的阅读究竟像什么？不同的人会做出不同的回答，即使是同一个人，在不同的人生阶段也会做出不同的回答吧。最近看一个评论家的"酷论"，说，好的阅读就是引燃的炸药，它会在你心里炸出一个大坑，并在你身上留下终生难愈的无数细密难言的伤口。检点自己的心与身，发现它们幸运地拥有着属于自己的"大坑"与"伤口"。我想，生命若想与"浅薄"决裂，大概离不开这样的"大坑"与"伤口"吧？好的书，会以撕裂你的方式，拯救你。

书可疗伤，书可疗俗，书可御寒，书可却暑。海子走时，带了四本书，他肯定是打算到那边去精读的吧？真想知道，那根棒木，可又幸福地揍了他？

花万岁

那在花前倾慕地作揖并深情地祝祷"花万岁"的人，自会被无边的春风宠溺，自会在无涯的芳菲中遇仙、成仙⋯⋯

一早去牡丹园，发现假山下戳起了一块简陋的牌子，上面是一首手写的打油诗，清劲的柳体，颇惹眼。那打油诗写的是："牡丹可谓不容易，一年开花只一季。最盛只有十来天，看上一眼是福气。你若稀罕颜色好，拍她画她都随意。姑娘不要摘花戴，偷花不会添美丽。小孩不要把花害，你欢笑时花哭泣⋯⋯国色天香人共赏，千万不要拿家去。"我一连读了数遍，意犹未尽，又用手机拍下来，发给了天南海北的朋友。

占有的欲望总是魔鬼般操纵着凡俗的心。就在刚才散步的时候，我看见烟雨湖畔的木栈道上横卧了几枝梨花，拾起来，擎在手上，是一种无限怅然的况味。那"梨花一枝春带雨"的佳妙光景，再也不可能属于这枝花了。白居易说："蔷薇带刺攀应懒，菡萏生泥玩亦难。"——蔷薇，披一身自卫的利刃，让攀折的手生出畏葸；菡萏，把家远远地安在泥淖之中，让贪婪的心徒呼奈何。但是，牡丹、芍药、梨花、桃花们却忘了设防，憨憨地把一种极安全的美丽和盘托给你。春风中，她们相约举出一道道特别的考题，考量人心。

"天国钟声""梅朗口红""美好时光""杂技表演""我的选择""我亲爱的"……这些，都是我校月季园中月季们的芳名。她们开得多么忘情啊！一天上班，我发现偌大的月季园中出现了一个墓穴般的空洞——"我亲爱的"不见了。一连几天，我都在暗暗呼唤着她的芳魂。所有让我生疑的地方都找遍了，却觅不见她的芳踪。就在我快要绝望的时候，"我亲爱的"居然回到了她原来的位置上！只是，她的花与花苞都凋萎了，叶子也已枯黄。我忙唤来园丁为她大量补水。园丁叹口气说："不中用了。——谁把好端端的一棵花祸害成这样了！"黄昏时分，我远远看到月季园里有一个黯然的身影。待那身影离开后，我才悄悄走到园子里，看到"我亲爱的"又已被浇了水。——无疑，她就是那个冒失地挖走了花的人。她定然如我一般热爱着"我亲爱的"，遂生出了独享的心。哪知，那花不媚她；就算她被悔愧驱遣着重又将花送回原处，那花也义无反顾地用凋残抗议她的劫掠。

据说苏格拉底是爱花的，当他带着弟子们漫游的时候，最喜将帐篷支在花丛旁。泰戈尔告诫人们："摘下花瓣，并不能得到花的美丽。"苏霍姆林斯基曾遇到一个摘玫瑰花的四岁女童，当他问她为什么摘花的时候，那女童说："我奶奶病得很重，我告诉她学校里有这样一朵大玫瑰花，奶奶不相信，我现在摘下来送给她看，看完后我就把花送回来。"——只有这个女童的"借花一看"是可以原谅的，因为她的本心，不是跋扈地占有。

我一直为高中语文教材中删掉《灌园叟晚逢仙女》一课感到遗憾。我喜欢冯梦龙笔下的"秋先"，喜欢他在花开之日，"或暖壶酒儿，或烹瓯茶儿，向花深深作揖，先行浇奠，口称'花万岁'三声，然后坐于其下，浅斟细嚼。"秋先在别人家的花园里看到心爱的花，便挪不动步了；花园主人想折一枝花赠他，他连称罪过，决然不要，"宁可终日看玩"。

——"花万岁"。如今会说这句话的人还有几个呢？无视花开的人，用冷漠为花降了一场霜；摘走花朵的人，用酷虐为花下了一场雪。而那霜雪的营造者，岂不也营造了"自我的冬天"？那在花前倾慕地作揖并深情地祝祷"花万岁"的人，自会被无边的春风宠溺，自会在无涯的芳菲中遇仙、成仙……

锋利的纸

　　岁月深处那两个先于我尝到了一张纸的厉害的少男少女呀，让我怎样才能回到昨天，轻轻对无辜的你们说一声"对不起"？

　　那时，我刚从师范大学毕业，比我所教的学生大不了几岁。面对那些在我看来总试图和我作对的男生女生，我绷紧了脸。"一定要让他们知道我不是好惹的！谁敢跟我要把戏，哼，有他好瞧的！"

　　那天，在我的课上，同桌的一男一女突然搞起了小动作。我不动声色地走下讲台，快步走到他俩跟前，厉声喝道："干什么？你们！"女生慌忙用一只手紧紧捂住了另一只手，男生深深地低下了头。我气恼地拽过女生藏掖着的那只手，讥诮地说："有什么见不得人的？给大家展示一下嘛！"女生的手被我高高地举起来——天！那手背上居然在流血！我吓了一跳，但却很快镇静了自己。我的语气明显地缓和了些，"怎么搞的？"

139

女生嗫嚅着："是他，不小心用纸划的。""轰——"全班同学都被逗笑了，我刚刚平息下去的怒火经她这弥天大谎一扇，又腾地蹿到了天上。我极力压抑着内心的怒火，又问那男生，"到底是怎么搞的？"那男生迟疑了片刻，终于鼓足勇气直视着我的眼睛说："我从桌斗里拿出一张纸，不小心蹭着了她的手，结果……""好，好，回答得太好了！"我用气得变了调的声音说，"一张纸能干出刀子的活，照你们的说法，一根粉笔就能当枪使，一个板擦就可以成为航空母舰！——请你们出去，我教不了你们这些大师级的人物！"

女生哭了。男生指天画地地发誓说他们刚才说的都是真的，"不信，我……我做给你看！"众目睽睽之下，他当真拿来一张纸，用它的一个边狠狠地去划自己的手背。面对这异常荒唐的举动，同学们都抑制不住，前仰后合地大笑起来。那男生急得汗都下来了，但手背上却连道白印儿都没有划出，那张无辜的纸却眼看就要支离破碎了。我不失时机地教训他们道："我最讨厌的就是说谎。不管你们在下面干了些什么见不得人的勾当，都不能用谎言来搪塞我。以后……"

"可是，"半天没吭声的女生突然哽咽着说，"我的手真的是他不小心用纸划破的呀。"我眼前一黑，险些晕倒……

后来，这事惊动了学校"思教处"，两个学生的家长也被请了来，大家齐心协力帮我戳穿了那两个人的谎言，又责令他们写出了书面检查，这样，"纸划破手"的事件才总算是告一段落。

140

再后来，他们毕业离开了校园。

再再后来的一天，我拈着一张普通的 300 字稿纸在办公桌前想心事。无意间，我把纸边顺到了唇边，突然一阵锐痛——上帝！我的上唇竟被薄薄的纸划得淌出血来！我用舌头舔着那腥咸的血水，又用手背去拭，拭着拭着，往事跳到了眼前……我的心尖敏锐地体察到了被锋利的纸倏然划过的痛楚。"怎么会这样呢？怎么会这样呢？"我一迭声地追问着自己，又满腹狐疑地用纸边对准了唇，一下下地划下去划下去……多么怪，硬是没有划出一丁点伤痕！我想，那一定是一个极其刁巧的角度吧？温柔的纸张化成了残酷的利刃，把不曾设防的肌肤和心灵划得鲜血淋漓……

啊，岁月深处那两个先于我尝到了一张纸的厉害的少男少女呀，让我怎样才能回到昨天，轻轻对无辜的你们说一声"对不起"？

草木的权利

有谁，愿意捍卫草木的权利？让草木活在自己欢畅的呼吸里。

和一个懂植物的朋友去苗圃选绿植。无知的我，指着一株株滴翠的植物问这问那。老板殷勤地陪着笑，以为碰到了大主顾。

老板指着他待售的商品向我们作介绍："这叫金娃娃……这叫招财草……元宝树……摇钱树……金钱树……发财树……"少见多怪的我惊讶地大叫起来："哇！你家草木的名字好怪！怎么一律跟钱财有关呀？"老板笑着说："不跟钱财扯上点关系不好卖呀！你想，谁花钱不愿意买个吉利？我们多培植些名字跟钱财有关的花草，不也是想讨个好彩头嘛！"

我问朋友："这些植物有自己的名字吗？它们原本都叫什么？"朋友说："它们当然有自己的名字。但是，别名用得时间久了，人们都忘了它们的本名。金娃娃本名叫萱草，就是屈原写的'公子忘忧兮，树萱草于北堂'的萱草啊！招财草本名叫草胡椒，跟招财没有任何关系。元宝树本名叫栗豆树，摇钱树本名叫栾树，金钱树本名叫美铁芋，发财树本名叫瓜栗。"我听呆了，痴痴地问："这些草木，还知道自己原本的名字吗？它们讨厌现在的名字吗？"老板被我问傻了，大概从来没有一个买主会将他摆在这么荒唐的问题面前。他勉强解释道："谁会讨厌金钱呀？这些花草树木，当然会特别喜欢现在的名字喽——多贵气！"朋友苦笑着对我说："又犯痴了不是？一个草木，哪懂得什么'喜欢''讨厌'？叫它个啥，它就是啥。要是你喜欢，你可以在心里管金娃娃叫'道德草'，它准保不会抗议。"

我当然明白，"金娃娃"一旦更名"道德草"，它的身价定然大跌。掏钱买它的人，多是冲着它的名字来的——金娃娃，谁抱谁会笑。想想看，谁愿意掏钱买一簇祈望道德提升的草回家呢？

但是，我不可遏抑地可怜起那些丢了自己本名的草木来。没有征得它们的同意，世人就一厢情愿地勒令它们更了名。它们沾满铜臭的名字，是逐臭者一种飞扬跋扈的强加。什么都不肯放过，霸道到连草木都必须爱我所爱、替我求财。

记得母亲侍弄过一种名叫"缺碗儿草"的花，废弃的破木盆里挨挨挤挤地长着高低错落的娇嫩叶片，爱煞个人。我剜了一些带回自己的家，栽进精致的花盆，邻居看了，问："你也待见铜钱草？"我说："我不待见。我待见'缺碗儿草'。"——我执拗地随了母亲，将那种风致的植物唤作"缺碗儿草"，就算这名字不洋气、不贵气，但我偏摁不住心头的那份欢喜。

千百年来，草木以一个个不谄不媚的名字，被诗人颂着，被百姓唤着；它们定难逆料，在"金风"劲吹的今天，它们会不期然地被一个个金光闪闪的名字无理劫持。

有谁，愿意捍卫草木的权利？让草木活在自己欢畅的呼吸里，让它们的名字跟草字头、木字旁发生幸福的关联，而不是用金字旁、贝字旁冒犯了它们……

——放过它们。

——放过我们自己。

案头有部美丽的书

　　我看见自己思想的翼翅轻捷地掠过那一片片难以言传的明丽，幸福地融入无限高远的亮蓝。

　　案头有部美丽的书，这就是我天天微笑不衰的理由。

　　季节带走了玫瑰，岁月敛去了嫣红，而我的美丽的书始终以爱侣般的温存默默陪伴着我。我只需用手指轻轻一碰，它就会散发出如初的芬芳。

　　世界越来越喧嚣。那么多离奇的剧目日复一日地在身边上演。有些人哭了，哭得涕泪滂沱；有些人笑了，笑得前仰后合；有些人发了，发得金玉满堂；有些人栽了，栽得焦头烂额……

　　我在这些故事之外泰然静坐：一道典丽的屏风把所有纷繁芜杂的情节都挡在了心域之外，一方凝重的镇纸稳稳压住这轻飘的生命，让我看淡得失，宠辱不惊——呵，案头这部美丽的书！

注定了有一个高洁的灵魂要赶来与我娓娓交谈，注定了有一串精彩的句子会成为我眼中绝美的风景。我看见自己思想的翼翅轻捷地掠过那一片片难以言传的明丽，幸福地融入无限高远的亮蓝。阳光很轻易地就穿透了我。在这千金一刻的瞬间，我俯身自察自省，一下子就清晰地看到了那个毫不扭曲失真的自我。我知道我应该感谢那慷慨地赠予我一副精密的灵魂内窥镜的智者，他跨越时空的谶语箭镞般不偏不倚击中了我，他使我在真真切切地看到了自己的美丽和充盈的同时，也真真切切地看到了自己的丑陋和空虚。

"万人丛中一握手，使我衣袖三年香。"这样的幸运究竟曾经归属过哪一个人？而今，当岁月的流水把我从上游冲到下游，我钦仰已久的人儿却早已匆匆揖别下游必然地步入了苍茫的大海。我的双手突然无奈地朝着海面挥舞……

告诉我呵，在这样的时刻，我除了静坐一隅，透过朴素的书页去感知你博大精深的思想又可以做些什么？

呵，这一场令人心驰神往的千古之约！

美丽的书引领着我照耀着我。在她智慧的光影里，我一次又一次地从旧我的蛹中顺利挣脱，幻化成自由飞翔拥有蓝天的蝶。

常常忍不住这样问自己：如果不曾寻到这台生命的空气调节器，我又该如何熬过那难挨的炎夏与寒冬？每一个心的断面都是一枚精美绝伦的桃形书签啊！

我的书签夹在日月的缝隙，紧紧贴着那些最令人难忘的片断与章节。

在季节带走了玫瑰之后，在岁月敛去了嫣红之后，我的美丽的书更因了背景的简洁而显出一种超然卓立的丰姿和摄人心魄的魅力——呵，案头这部常读常新的美丽的书……

小时候的云彩

如果我偶一抬头，碰巧看到一朵真实的白云美美地嵌在干净的玻璃窗上，那我该多么欣喜……

"你可见过一朵丑陋的白云？"这是一个高中女生在她的作文中突然抛出的一个问题。她问得那么随意，甚至有点漫不经心，但是，这个隐藏在文字汪洋中的问题猛然击中了我。

我从厚厚的作文簿中欣然抬起头来，带着几分欢悦悄然自问："我可见过一朵丑陋的白云？"

忆起儿时，见大人们指着天边说："巧云！"——用"巧"来修饰"云"，这个词造得多棒啊！仿佛是在夸说一个巧手姑娘的精美绣品。那天边的"巧云"，饶有兴味地模拟着凡间的万般景物，它们变幻的能耐，往往惊得你目瞪口呆。你刚看出一匹扬蹄狂奔的野马，一阵风来，野马幻成一川流水；你刚看出一只凌空欲飞的老鹰，一阵风来，老鹰碎成一池锦鳞……

"纤云弄巧"，我爱上这个词时还不懂得《鹊桥仙》为何物，无端地，就特别喜欢在作文中使用这个词，只要一写出"纤云弄巧"，就觉得那轻俏的白云在头顶曼妙地变幻着花样，引逗得一颗少年心莫名欢跳起来。

王冕说："白云悠悠若无侣。"如果这个元代的放牛娃有机会在万米高空之上俯瞰一次白云，他还会这样认为吗？坐在飞机的舷窗旁，我愿意拿出整个空中旅程来看云。云之海，从脚下漫延到目力不及的远方，一朵一朵，挨挨挤挤，生了根一般，岿然不动。我让自己用挑剔的眼光比较着云们的丑俊、好歹，然而，我是多么徒劳啊！每一朵云都那么美，美得让人生出想要飞过去与之亲昵的痴念。

如果你驱车在草原上飞驰，你一定看到过这样一种奇幻的景观——天上的云一朵朵投影在无边的草原上，随着那云的飘动游移，硕大的绿毯变成了明暗交错、波浪翻滚的海洋。仿佛天上有一个伟大的灯光师，在孜孜不倦地追索着最佳的灯光效果。我们的车，就在这云影迷离的绿毯上穿行，心，也便在这云影里载沉载浮。我想，在我生活的城市里，云儿也是会慷慨投影的呀；遗憾的是，美丽的云影被那些跋扈的高楼撕破了，落到我身上的，是云的碎片……

多数的时候，我们的头顶是无云可看的。灰蒙蒙的天空，让云朵失却了容颜。一次骤雨过后，我与爱人漫步街头，他指着天边大片大片被夕阳勾出金边的云彩对我说："多像小时候的云彩呀！"我笑了，却笑得苦涩——"小时候的云彩"，这是一个多么让人心酸的表达！我问自己，是谁偷走了我们"小时候的云彩"？在那数以万计的"小偷"中，我，是不是其中的一员？

雾霾来袭，我戴着三十层厚的脱脂纱布口罩走在上班的路上。我的手机来短信了，我猜，那很可能又是一个调侃这让人抓狂天气的段子。我不愿意看这样的段子。我手里捏着一块眼镜布，不时卸下眼镜，擦拭雾气。抬眼看看这个沮丧地陷在雾霾里的城市，一切都那么晦暗，高楼也仿佛失了根。突然，我心空不可遏抑地响起一支小提琴曲，明亮、高亢、悠远。记忆里的某一天，一个学音乐的男生为我演奏过这支曲子。"这曲子叫什么名字？这么好听！"我问。他回答说："《云之彼端，约定的地方》。"我听了略略一怔——这曲名，多像被我妥藏在心中的一个诗句啊！

二十年前，我写过这样一句话："在这个喧闹的世界上，有许多事情真的并不比看云更重要。"二十年后的今天，我在一摞作文簿前想着关乎云的心事。我也在看云哦，看我记忆中的云，看我心空中的云。如果我偶一抬头，碰巧看到一朵真实的白云美美地嵌在干净的玻璃窗上，那我该多么欣喜……

谁愿和我一道，去寻回我们"小时候的云彩"？

美丽的心

在那一刻，"不幸值"被会爱的人降到最低，低到可以进入"幸运"的疆界。

一

我们一行人去欧洲访问。团里有一位王先生给我留下了极其深刻的印象。为了显得精神，出国前，他特意染了发。由于染膏质量不好，他抱怨说头发脱色厉害，但他想得很周到，随身带了一块大枕巾，睡觉的时候拿别针把枕巾别好，一点也不会染污异国的枕头。有人跟他开玩笑说：王兄，你可真注意国际影响啊！他说：我怕弄脏了人家的枕头，怕人家说，瞧，这就是中国人枕过的枕头。

为我们驾车的是一个德国人，名叫"海瑞"。海瑞表情严肃、做事刻板，我们都不太喜欢他，连导游都跟他处得不甚愉快。海瑞显然察觉出了自己的不受欢迎，途中休息的时候，便总是一个人躲得远远的，独自抽烟。相处了整整一周，就要分手了，大家礼节性地跟海瑞拉拉手，说声"拜拜"就算告别了，唯有王先生，郑重地握住海瑞的手，咕噜了一串我们谁也没听懂的话。海瑞听了，居然咧开嘴傻呵呵笑个没完。事后我们问王先生：你跟那个海瑞说了什么，让他那么乐？导游抢着说：王兄两天前就跟我学这两句德语，现在终于用上了，这两句德语翻译成中文就是——你的驾驶技术十分高超，愿平安永远与你相伴！

二

一位同事的婆母去世了，我们前去吊唁。

我们约略知道小区的所在，以为这就可以了。因为根据以往的经验，想要找到办"白事"的地方并不难，因为一来要放哀乐，二来要打纸幡的。但是，我们的车在小区里转了半天，硬是没有找到那个同事婆母的家。后来，我们只得打电话询问门牌号。

我们问那个同事，为什么把"白事"办得这么悄无声息？

她流着眼泪告诉我们说：我婆婆是个处处都为别人打算的人，

临终前，她特意把两个儿子叫到床前，嘱咐他们说，记着，我死后千万不要放哀乐，也不要打纸幡，因为楼下的孩子刚刚满月，隔壁的小夫妻结婚还不到半年……

下楼的时候，我们看到许多人站在楼道里，默默垂泪，给这位好人送行。

三

"最分散的团圆"——你会觉得这个句子奇怪吗？

一个姑娘，就要做新娘了，她想邀请她亲爱的哥哥来参加自己的婚礼，但是，哥哥早已在一场车祸中丧命了，但是（又一个但是！），哥哥还是来参加了她的婚礼！

你可能觉得这样的故事太离奇，可它就发生在太阳底下。原来，哥哥丧命之后，他的家人把他的器官分别捐献给了五个人，那五个人在获得了这份珍贵的捐献之后，得以继续存活，哥哥的生命也得以在那五个人身上延续。所以，在妹妹的婚礼上，"哥哥"便以这样一种特殊的方式前来祝福。

有的人，在"死"了之后本还可以继续"活"下去，可我们常常以这样或那样的理由剥夺了他活下去的权利。上帝仁慈地留下的那完好的器官，令人惋惜地充当了陪葬品。

"最分散的团圆"，它是用来安抚世界上所有不幸的"哥哥"

的，也是用来安抚世界上所有不幸的"妹妹"的。只是在那一刻，"不幸值"被会爱的人降到最低，低到可以进入"幸运"的疆界。

四

在一个访谈类的节目中，我看到了敬一丹，这一次，她是作为采访对象出现的。

在节目中，敬一丹说她女儿曾经疑惑不解地问过她这样一个问题：妈妈，你怎么总是对那些让人郁闷的事感兴趣呢？电视机前的我都被这个问题问笑了，但我笑得不轻松。

敬一丹不是个逗人开怀的主持人，她的眉头锁着太多的忧戚。那天被采访的人很多，都是些"上镜率"很高的面孔。当问到大家的愿望时，他们回答得都很妥帖，甚至很精彩。但是，只有敬一丹所说的"愿望"深深触动了我的心。她说，她希望大家在遇到农民工的时候，能给他们一个"友善的眼神"；她还表示自己愿意充当这样一个志愿者——走近那些没有母亲照看的进城务工人员的孩子，去"抱一抱他们""亲一亲他们"。敬一丹说得很动情。我相信那是从一个母亲的心底流出的声音。

正因为有人对"让人郁闷的事"感兴趣，所以，我们才可以期待这个世界上那"让人郁闷的事"会越来越少。

五

一位小学特级教师应邀到外地讲课。大礼堂里坐着上千名听课者。

学生是临时从附近学校里"借"来的，孩子们既兴奋又紧张。要读课文了，孩子们齐刷刷地举起了小手。

老师随意点了一个胖胖的男孩，这个孩子一开口就把句子念错了。老师柔声提醒他看清楚再念，他居然结巴起来。邻座的一个男生忍不住笑了，举手想替这个同学读，但老师没有应允。老师耐心地鼓励胖男孩重新来过，胖男孩的额头渗出了汗水，总算把那个句子念顺当了。老师示意他坐下，然后，走到那个发笑的孩子身边，问他：你想评价一下他的阅读吗？那个男孩站起来，伶牙俐齿地说：他急得出了满头大汗，才把一个句子念好了。老师说：应该说，他为了念好一个句子，急得出了满头大汗——请你带个头，我们一起用掌声鼓励他一下，好吗？

在我看来，这位非凡的老师给了弱者尊严，给了强者仁爱，更给了所有孩子看世界的眼睛。

孩子，其实你不必这样

在这个世界上，钱永远不是最要紧的东西，如果你以为唯有清算了钱才不至于亏欠他人，唯有捍卫了钱才不至于辜负他人，那你就错了。

距离高考还有二十多天了，高三复习进入白热化的程度。

这天，一个叫程海的高三男生来找我，嗫嚅地说："老师，我写了一篇备考作文，想麻烦您给看看。"我欣喜地接过作文，告诉他说："一点也不麻烦，给你这个高材生看作文，我好荣幸啊！"我不教他，但我一直在留意他。他长得又瘦又小，坐在教室的第一排；他的各科成绩都十分优异，在年级一直处在前十名；他是"特困生"，三年的高中学费全免。

那是一篇写得挺不错的作文，我很喜欢，就边改边将它敲进了电脑。当我把一篇打印稿交给程海时，他喜出望外地看着我，一迭声说了七八个"谢谢"。

做课间操的时候，我看他特别卖力的样子，不由得有一点心疼。我跟他的班主任说："程海这孩子干什么都不会偷懒吧？"班主任说："何止是不会偷懒，他简直就是苛求自己。他生活那么困难，却不肯接受大家的捐助。你知道他怎么买饭吗？二两米饭，半份素菜，从来都是这样的。"我说："高三这么苦、这么累，每天的学习时间都超过了 14 个小时，是超强体力劳动呢！他才吃这么点东西，身体非垮了不可！"班主任叹口气，没有说什么。

第二天，我特意在高三的售饭区等候程海。

程海来得很迟，我知道他特别惜时，晚一些来为的是错开排队的高峰。程海往打卡机里插卡的时候，我看到显示屏上清晰地跳出了 41.50 元的字样，他买了一份饭、半份菜，还剩下 40 元钱。我和他边聊边往就餐区走。

当我确信周围没有人注意我们时，我把自己的饭卡递到程海面前，假装很随意地说："我们交换一下好吗？别紧张，我需要减肥，你需要长肉，咱们一起努力，到高考那天，你把我饭卡里的钱用完，我把你饭卡里的钱用完，你说好不好？"程海有些手足无措，低声说："老师，我的……钱，够用。"我说："我看见你的卡里还有多少钱了。别让我心急了，咱俩其实是互相成全。好了，把你的卡给我吧。"程海说了声"谢谢"，就和我交换了饭卡。

我的饭卡里存有 200 元钱，足够他这二十多天用了。那之后，当我去食堂买饭，偶尔遇到往高三售饭区去的程海，我都会向他做一个"V"型手势，鼓励他努力吃、努力学。

高考来了。

高考又走了。

程海到学校来找我，郑重地将饭卡还给了我，并真诚地向我道谢。我也找出他的饭卡，笑着说："我的任务完成得不赖，你可不如我，你看你，还是这么瘦！"程海说："其实我长肉了，偷着长的，老师看不出来。"

很快，高考成绩下来了，程海考出了 628 分的好成绩。作为关爱着他的老师和关注着他的朋友，我就像自己又经历了一次金榜题名一样高兴。

临近放假的一天，我到食堂去买饭。我把饭卡插进打卡机，显示屏上显示出了 160 元的字样！我一下子懵了。我把饭卡抽出来，到储款机那里去查询，结果是这张饭卡近期没有储过款！也就是说，在高考前的二十多天里，程海仅仅花去了他"自己"的那 40 元钱！

我捏着那张饭卡，突然有一种想流泪的感觉。

我看着冷清的高三售饭区，想着那个几乎天天来食堂都要"迟到"的又瘦又小的只买半份菜的男生。我惊问自己：是不是，我在无意中伤害了这个十分十分要强的孩子？

此刻，如果程海出现在我面前，我将对他说些什么？我想我可能会说：孩子，穷，本不是你的错，不要用自己羸弱的身体去给"穷"这东西殉难，它不值得。如果一个人，表示愿意和你并肩迎击苦难，你自然可以分析他（她）的用心是否真纯；而当你明白地知晓他（她）原是惴惴地揣了一颗善心，并希望用这颗善心给你温暖的时候，你应当赐给他（她）一个机缘。

在这个世界上，钱永远不是最要紧的东西，如果你以为唯有清算了钱才不至于亏欠他人，唯有捍卫了钱才不至于辜负他人，那你就错了。要知道，有人会把你欣然领受一份善意看成是对他（她）的至高奖赏。他（她）期待着你能幸福地体察到他（她）的良苦用心，他（她）也期待着你日后同样成为慷慨地赐予他人温暖的人。

孩子，说真的，我今生能挣来无数个160元钱，而从这无数之中拿出一份喂饱你一生中最不该饥馑的日子，这该是件多么让我欣慰的事！可惜，你没有给我机会。我们之间曾发生过一个美丽的故事：你给了我一篇作文，我将它敲进了电脑，我们共同创造了一份有价值的记忆。相比之下，如今被我捏在手中的这张饭卡是多么不幸，它本来是想殷勤地编制一个动人的故事的，岂料却留下了一处败笔。

孩子，你在大学还好吗？买饭的时候，别总去得那么迟，早一点去，可以买到热一些可口一些的饭菜。

让生命在每一刻都说出得体的话

　　行走世间，我多么希望自己有一双善于撷取的手。撷取了天真，就在这一刻欢悦吧；撷取了内敛，就在这一刻凝思吧。

　　很好的秋日阳光，空气中弥散着迟开花朵的芬芳。我站在一个儿童摄影棚前等人。突然，一个小女孩把童车骑到了我跟前，险些撞到我。我赶忙躲她，不想她竟追过来。我只好无奈地冲她笑了。她也冲我笑——一个仙子般的小姑娘。"阿姨，"她指着儿童摄影棚外墙上足有两米高的巨幅照片对我说，"这是我。"我这才注意到，原来，这骑童车的女孩竟是那巨幅广告上的小模特！我看看照片，再看看身边的女孩，不住地夸说"漂亮"。女孩得意得不得了，头摇尾巴晃的，像条欢快的小狗。

　　不由想起了发生在南怀瑾大师身上的一件事。有一回，南怀瑾乘火车从台北去台南，身边坐了一个年轻人，捧着一本书入神地看。南怀瑾瞟了一眼他手里的书，随口问了句："有那么好看吗？"年轻人做出了肯定的回答，并说自己一直十分喜欢读这位作家的作品。南怀瑾说："哦。那我回头也买一本来看看。"——那本书的作者正是南怀瑾。

我喜欢女孩不依不饶地追着我这个陌生的"阿姨"，邀宠般地告诉我说那墙上的照片就是她，她说破，是因为她透明；我也喜欢南怀瑾不曾道出自己就是那本"好看"的书的作者，他缄口，是因为他蕴藉。

我不能接受女孩抛却一派天真，扮演大师的深沉；也不能接受大师抛却沉静内敛，扮演女孩的单纯。

我愿意拟想，大师也曾拥有无饰无邪的童年，愿意将自己的美事、乐事、幸事张扬天下，不惧人讥，不怕人妒。就像花不会藏掖自己的芬芳，透明的心也不会藏掖自己的景致。那么没道理，那么没章法，反正就是让童车冲到你脚下，纠缠着你，迫着你唱赞美诗。这让你很便捷地就怀了一回旧，你生了锈的感觉在一颗开花的童心面前一下子生动起来、摇曳起来。

我更愿意拟想，女孩将一步一步修行，直到学会对着岁月深处那个急煎煎向路人趿扈地炫耀自我的女童发出不屑的哂笑。南怀瑾大师特别看重生命的"庄严感"，庄严的生命必是摒弃浮华、拂去尘屑的。一个拥有了美好的"精神目标"的人，断不会热衷于在生活的大海中钓取廉价的恭维与褒扬；只有虚妄的心，才会那么粘，总是试图粘住更多激赏的目光。

行走世间，我多么希望自己有一双善于撷取的手。撷取了天真，就在这一刻欢悦吧；撷取了内敛，就在这一刻凝思吧。而在这两个故事的连接处，我愿意试着绣上自己细密的心思——告诉自己，或许，这一边，正是我渐去渐远的昨日，那一边，恰是我愈行愈近的明朝。揽万物以为镜，窥见自我一息一变的心颜。不是所有的"可爱"都适宜窖藏，此时的口无遮拦，彼时可能就变成了庸俗轻浅。风度，往往与一个人自知度呈"正相关"。对一个个体生命而言，没有恒久不变的"一派天真"，也没有与生俱来的"沉静内敛"。自觉修行的生命，会在每一刻都说出得体的语言，不造作、不夸饰、不张扬，在熨帖中开出最美的花朵。

第六辑
生命本质的香

就算树上没有花，我们
也一定能够嗅到一种生
命本质的香啊！

今夜你不必盛装

在深爱着你的人面前，你不必盛装，也不必浓妆。

"今夜你不必盛装。"这是一个男人对他热恋的女友说的一句话。他约她出来，特地叮嘱了这样一句话。她是一个常人眼中不配拥有真正爱情的"康康舞娘"，盛装是她每夜的职业装束。但是，他偏偏就爱上了她，爱上了盛装后面那个孤苦的灵魂。他要抚慰这个灵魂，他要在直面的状态下抚慰这个灵魂。他不希望看到华服遮蔽起来的悲苦。

——这是一部电影中的情节。远远地坐在这个情节之外，我心里泛起一股又酸又暖的感觉。

我问自己：爱究竟最在意什么？爱又可以忽略掉什么呢？

说到底，爱是一种彻骨的怜惜。当你倾慕着一个人，仰望着一个人，见到那人时，心里涨满了无尽的快活，跟那人说句话，眉里眼里都漾着笑，满足感牢牢地攫住你，让你着实感到这世界的艳丽美好——如果仅仅是这些，那就不能算作是真正的爱，充其量，只能叫作喜欢吧。爱是一种伴随着痛感的心理体验。不管那人多么得意、多么耀眼，你心里却缭绕着一股驱不散的莫名的怜惜。怜惜那人的境遇，怜惜那人的遭际，即便那人的境遇与遭际是惹得满世界人艳羡的。你就是不能说服自己放弃了那一份累赘般的忧伤悲悯，在不该操心处操心，在不该垂泪处垂泪。

爱，总指望着自己慧眼独具，看到那连被爱者本人都未曾察觉到的一小块悲苦的苔藓。我认识一颗卑微的心，痴痴惦念着另一颗骄矜的心。那颗骄矜的心被捧到了云端。当那颗卑微的心小心翼翼奉上自己真实的哀怜时，骄矜的心跋扈地将它误读成了它早已厌倦了的恭维；后来，骄矜的心从云端跌落下来，它本能地要躲进卑微的心所编织成的哀怜里避难。卑微的心哭了，它说：上帝把我安排得这么低，原来是为了让我接住坠落的你。

习惯了对我在意的人说：我疼你。——疼你，是怕你痛，更是一种先你而痛的感觉。在你的痛还远未萌芽的时候，我的心，就不由分说地率先担当起那痛了。愿意用这慨然的担当悄然化解了那觊觎着你的痛。

惶惑的时候，就模拟着爱人的调子在心里默诵起叶芝的诗：当你老了，头白了，睡意昏沉，/炉火旁打盹，请取下这部诗歌，/慢慢读，回想你过去眼神的柔和，/回想它们昔日浓重的阴影；/多少人爱你青春欢畅的时辰，/爱慕你的美丽，假意或真心，/只有一个人爱你那朝圣者的灵魂，/爱你衰老了的脸上痛苦的皱纹……这美妙的诗句原不是为你而作，但是，当你在冥想中被它轻轻覆盖，你付出的所有怜惜便都泛起了一层幸福的柔光。

在深爱着你的人面前，你不必盛装，也不必浓妆。你赤裸的灵魂，是为了应和一个深沉的召唤而来。打开自己，向那最善听的耳朵娓娓道出你生命的秘密。只有这个人能够证明华服、胭脂、岁月都不过是你的壁障。那彻骨的怜惜使他愿意欣然忽略掉这一切，只紧紧拥抱住一个本真的千疮百孔的灵魂。

——今夜你不必盛装。说这话的男子安慰了世上所有女人的心。

我去远方寻找我

我在每一茎轻颤的芳蕊中邂逅了我！新生的喜悦，鼓荡着我善感的心房。

当初，我去远方寻找你。痴痴地相信着那片陌生的天空下定然藏着奇遇。到处是生疏的面庞，偶有一双眼睛，逗得我唇吻上欲要惊喜地蹦出一声欢呼，然而，那花朵未及开放，就已沮丧地凋萎。——误认，一次次刺痛了我的心。我却不能回头，任性地走向更远的远方。你的信息，那么孱弱，仿佛一阵微雨，即可将它扑灭。但是，我信着你的存在，一如花蕾信着春天。在那个惹得我日后千万次回眸的黄昏，你宿命般出现在我的视野里，逆着光，却让我觉得那般晃眼。你说：嗨，一起走吧。我几乎没有犹豫，就随你踏进了夜的门槛。寻到了你，我甘愿欣然丢失了自己。

后来，我去远方寻找她。我是带着一颗朝圣的心出发的。

出发的时候，我甚至不知道她原是一块磁铁，而自己竟是一片铁屑。她的追随者那么多，而我是滚滚人潮中打着鲜明的自卑戳记的那一个。我走得好辛苦。爱我的人在后面殷殷召唤：何苦呢？赦免了自己的脚，也赦免了自己的心吧。我想哭泣，表情却恬然背叛了我，于是，笑容成了我真实的假面。总想证明什么给人看。手里捏着一根寻常的火柴，却试图将漫天冰雪点起冲天大火。我笃信远方的她定会为我助力，我笃信一旦拉住她神奇的手，凡庸的生命即可获取无尽的能量……多少年过去，人们都说我已寻到了她，但我分明感觉到：我离她越近，她离我越远。

　　而今，我去远方寻找我。——在你让我幸福地迷失了自己之后，在她让我懊丧地倾覆了自己之后，我去远方寻找我。注定了，我的那个我，不会栖息在熟悉的枝头，那个我是那么"恋生"，会将自己妥帖地藏在一个不容易寻到的僻远之地。怠懒的日子里，我有时竟会认不出镜中的自己——这个目光呆滞的人究竟是谁？这个首如飞蓬的人究竟是谁？这是一个被日光和月光一点点揉烂的人，这是一个被分针和秒针一点点剪碎的人。相思般地，我苦苦思念起远方的那个我，我甚至相信那个我会说：当君思我日，我亦倍思君。于是，就像救火一样，我万分焦灼地将那个烈日下冰雕般迅疾委顿着的人从酷烈的背景中救出来。我要将深深怜惜着的这个人送到清凉的远方。是谁说：陌生的世界，一律是刚刚启用的世界。——嗯，就让我潜入这簇新的世界，像在雨后的青草中寻找一柄菌盖那样饶有兴味地寻找我吧。这是件多么让人欣幸不已的事——我在每一芽初萌的草叶上邂逅了我！我在每一茎轻颤的芳蕊中邂逅了我！新生的喜悦，鼓荡着我善感的心房。我与一尊刚刚挣脱了顽石束缚的完美雕像对面而立，我恋恋地拉住她的手，指望她赐予我温度、血流和心跳……就这样，在春天之外，我又意外地获赠了一个富丽的春天。

记忆里，那因冰欺雪侮而日渐模糊的诗句，唯有此刻才能复活般响起，如钟如镝——

"人们去远方，只是为了紧紧地搂住自己……"

遇到今天的我，你是幸运的

幼年有幼年的疏狂，盛年有盛年的风光，中年有中年的奉献，老年有老年的气象。

初春时节，到凤凰山去踏青。不经意间往水塘上瞭了一眼，看到水面上点缀着一个个梭状的漂浮物，菱角大小，浅褐色，东一个，西一个，像是谁随手抛到水上的；俯身细看时，发现每个"小梭子"都由水底一根细线袅袅地牵着。纳罕地问我夫："你说，这究竟是什么东西呢？"我夫仔细观瞧半晌，哑然失笑道："荷钱儿呀！"——对呀！不是荷钱儿，又能是什么呢？只是，未及舒展的荷钱儿居然是这般楚楚可怜的模样，我真真是头一回见着。几天之后再来看，却见那一个个褐色的"小梭子"已欣然打开了蜷曲的自己，变成铺展于水面上的翠绿荷叶了。看着它们不由分说抢占水面的阵势，不由得让人心生快意——是呢，春天不就该这样么？不谦让，不讲理，先将暗淡

171

混沌的画布涂一层逼人眼目的绿色再说。

——荷钱不能开口说话，我替它说了：遇到今天的我，你是幸运的。

周敦颐赞美莲花"濯清涟而不妖"。曾有个女学生指着这个句子问我："老师，为什么作者说莲花'不妖'？那么，谁'妖'呢？"我被她问愣了，想了一会儿说道："'不妖'嘛，就是说这花不显妖媚之态，它不会魅惑你的手，让你轻易就可以把它摘回家去，它是一种自重的花；谁'妖'呢？芍药'妖'吧——你看，刘禹锡不就有诗道'庭前芍药妖无格'嘛！"站在盛开的荷花前，我又忆起这段有趣的师生对话。其实，"妖"也罢，"不妖"也罢，不过是文人强加于花的一种自我情愫。我单喜欢荷花对污泥的报复！立足于那么污浊的环境，却义无反顾地用完美报复着丑陋。我喜欢在荷塘边的柳荫下小坐，听任那一派清芬涤尽我浑身的庸懦。我殷殷叮嘱自己：看一回荷花，你就要添一些勇气。

——荷花不能开口说话，我替它说了：遇到今天的我，你是幸运的。

溽暑中，我像孩子一样，擎着两支青青的莲蓬，一粒一粒抠着吃白嫩嫩的莲子，就像在欣赏一个荷塘精妙的季度总结。是谁，把荷钱的心思、荷花的心思，一股脑地提炼出来，凝成这一颗颗饱满沁香的籽实？这籽实，不就是一个池塘的锦心绣口么？吃罢了莲子，也不要丢掉那空空的莲蓬，带回家，插进花瓶，看它慢慢褪掉青色，用委顿却不失风致的姿态忆念着远方的池塘。谁见了都会夸："好美的插花！"这时候，你就可以驱遣着思绪幸福地回到那个快乐的日子，向朋友娓娓讲述起一粒一粒抠着吃白嫩嫩的莲子的故事。尽管你仅仅吃了有限的几个莲子，但你心中那美好的回味却是难穷尽的。

——莲子不能开口说话，我替它说了：遇到今天的我，你是幸运的。

秋了，带着一丝侥幸去池塘。心说，或许，有一两朵慢性子的荷花，愿意在这秋风乍起的日子里，耐心等我。哪知，我想错了，所有的荷花都不见了踪影，连荷叶都已萎黄残破。我的相机，陡然失去了使命——这般光景，镜头何来胃口？正要转身离去，却见荷塘深处有一叶小舟，两个穿了水鬼服的挖藕人正在那里忙碌。许是挖出了又肥又长的莲藕，他俩齐声欢叫起来。我忙举起相机，将他们欢快的劳动场面拉到眼前。——嚯！好多的藕呀！小船上的两个大筐都装满了。那藕，看上去黑黢黢的，被污泥严严地包裹了，却让你忍不住想象着它俊白的模样。我一边按着快门一边跟自己说：你好福气，看到了荷花美丽的根由！却原来，夏日里见到的那些撩人眼目的翠叶娇花，竟是打从这一截截不起眼的根茎上生发出来的。说起来，这该是件多么让人称奇的事——当荷香随夏风飘忽远去，藕，从淤泥深处抽出一缕珍贵的芬芳，成为思荷人齿颊留香的佳肴美馔。

——莲藕不能开口说话，我替它说了：遇到今天的我，你是幸运的。

　　在这池塘中安家的，就是这样一种植物，无论你在哪个时刻遇到它，都会觉得它是绝好的——幼年有幼年的疏狂，盛年有盛年的风光，中年有中年的奉献，老年有老年的气象。有谁，能像它那样，把一生活成一则美妙的寓言？有谁，能像它那样，在生命中的任何一个时刻都可以说：遇到今天的我，你是幸运的……

你为什么对我这么好

这世界上多的是陌生人，如果我们慷慨地向他们派送货真价实的"爱"与"福"，我们得到的，将是海量回报。

北大一位老教授讲过这样一个故事：有个女生（当然也可以是个男生），每天来听他讲课。那女生坐第一排，边听边对他点头微笑。虽说这样的情形教授见多了，但这女生跟旁的"花瓶女生"似乎不太一样，她每次点头微笑都在点子上！下课了，女生第一个冲到教授跟前，续水，递茶，由衷赞美："讲得好死了！"教授心里咯噔一下，告诫自己，对这样肉麻的吹捧，一定要心存戒备。可是接下来，女生开始盘点教授的课究竟好在哪里，一二三四五，句句都深中肯綮。连续如此，教授再也挡不住对该女生的好感了。他跟自己说："真是个罕见的好苗子呢！我却险些误会了她……"后来，女生又来了，却是央教授为她写一封推荐信——她要去美国。教授不好拂女生的面子，便写了。送走女生后，他想：其实，她第一次来听自己的课，就怀了这样功利的目的。不过，她可真堪称高手，瞧她设计得多妙啊——倾倒、膜拜、大秀才华、博取好感、利用好感。这一切，她做得那么自然顺畅、丝丝入扣，让生疑的心都忍不住愧怍起来。——她真不愧为"精致的利己主义者"。

上海一位作家去维也纳旅行，在电车上，他不清楚怎样买票，举着钱，尴尬不已。这时，一位衣着大胆的少妇用肢体语言告诉他，这车是可以免费乘坐的。下车之后，少妇又示意他跟自己走。作家心里打鼓了：莫非，该少妇是"维也纳流莺"？要不，她就是一个"托儿"，绑了自己"肉票"，回头好向旅游团勒索赎金？或者，人高马大的她想要将自己骗到暗处下手，右拳狠狠打在比她矮一头的倒霉男人的左腮上……在小巷里七拐八拐之后，被猜疑伤得体无完肤的少妇居然将作家带到了他想去的地方！作家傻眼了。他跟自己说：我本善良，可我为什么却偏偏要怀疑善良？

从什么时候开始，我们变得送不出、接不到纯粹的"好"了？当"好"不期然君临，我们已经习惯先让自己进入警戒状态，即便如此，阅历非凡的老教授还有可能输给涉世未深的小女生。教授也可能在心里轻描淡写地问了句：你为什么对我这么好？不过，他很快就欣然找到了自以为正确的答案。他未及想也未敢想那小女生的手法竟如此高妙娴熟——她用"好"擀了一个晶莹剔透的饺子皮，再将一份恶心人的馅儿精心地包藏起来，然后，巧笑倩兮地送与老教授吃，教授就真吃了，吃了之后就开始作呕。太多人都看到了老教授的呕吐物，并且太多人从这呕吐物中吸取了教训——老教授吃一堑，同胞们长一智吧。

我在心里问自己，当我独自被扔在维也纳的电车上，面对一个看衣着就不像好人的少妇的援手，我大概也会将她视为图谋唐僧肉的白骨精吧？我会本能地拒斥她，我会在心里不住地发问：你为什么对我这么好？你凭什么对我这么好？——打从"鲍鱼之肆"走出来的人，被"嗅觉惯性"役使着，总是妄图从所有东西上嗅出不离不弃的臭味。不要责怪作家用意念的粪水泼了异国少妇一身一脸，他浑身长牙，是因为他曾被咬伤，无可告语的痛，让他变得面目狰狞。我们得允许作家对少妇近乎趺扈的误读，因为他是受着这样的教育长大的："这世界上没有无缘无故的爱，也没有无缘无故的恨。"面对一个捧出"无缘无故的爱"的女子，他若不生疑，上帝就该对他生疑了。

谁都愿意接到纯粹的"好"，但是，谁又愿意率先付出那纯粹的"好"呢？在一个"狡黠崇拜"的国度，在一个人人都会说"无利不起早"的国度，几乎每个人都可能携带上欺瞒、奸诈的 DNA。即使维也纳电车上的少妇变身为一粒种子，被一只抱负不凡的鸟儿衔到了我们的黄土地上，它大概也会因水土不服而拒绝发芽吧。

我们早就习惯了只将浓浓的爱送到"圈子"里——送给亲

人、爱人、友人。我们不晓得这其实是一种放大了的利己主义。佛语说：爱出者爱返，福往者福来。充其量，你送到"圈子"里的"爱"与"福"也就数百上千个，返回的，就算翻一番，又有几何？这世界上多的是陌生人，如果我们慷慨地向他们派送货真价实的"爱"与"福"，我们得到的，将是海量回报。——你瞧，这是一宗多么"划算"的生意！

我早年写过一篇幼稚的小文章，说是在大难临头的时候，一只健全的老鼠将自己的尾巴塞进一只失明老鼠的口中，带它脱离险境。我让大家猜猜这两只老鼠是什么关系，猜"夫妻关系"的最多，其次是猜"母子关系"，而我最欣赏的答案是猜它们"没有关系"——仅仅因为我们是同类，所以，我爱你、怜你，愿意与你抱团取暖，愿意与你共渡难关，你无需发问：你为什么对我这么好……

心许子午兰

只要有花可开，就不允许生命与黯淡为伴。

友人赠我一盆伶仃的植物，瘦长的叶子，顶部举着一簇花苞，那花苞左右分披了，一律是待放的姿态。友人告诉我说，这植物，脾性怪，偏在夜半开花，因而得名"子午兰"。

那夜为安妥几行文字，熬到很晚。忽而想起子午兰，正是开花的时候吧？揿亮阳台的灯，果然看见子午兰开得正好！但与我凭空猜想的不一样，不是热烈地全部绽放，而是仅开了一朵花。紫蓝颜色，指甲盖般大小，精致的花瓣，更加精致的花蕊，单单薄薄的样子，却不失风致——真是经得起端详的一种花呢！

次日起床，头一件事就是探头去看那朵子午兰，已经不十分精神了；中午下班回家再看时，却早谦卑地垂了头，寻不到半点儿昨夜的姿容。

那些日子就特别喜欢熬夜，熬到夜半时分，去看每次只开一朵的子午兰。有时分明看到分披两侧的花苞各自预备好了一个鼓胀胀的花蕾，在心里跟自己说：这回，可要开出一对姊妹花了！然而，那两个花苞仿佛决心捍卫某种风格，夜半依然是一枝独放，另一枝呢，自然排到了次日。

　　就这样一天一朵的被美好地吊着胃口。二十多个花苞，足足赚走了我二十几日的快乐。

　　很情愿为这棵子午兰付出些快乐的遐想。想她定然是不畏惧寂寞的一种花。不但选择了深夜，而且选择了独放。对着静静绽放的一朵紫蓝小花，总有向她诵读老杜那两句靓诗的冲动——"繁枝容易纷纷落，嫩蕊商量细细开。"——嘿，你没觉出"商量"这个词用得妙极吗？设若我的子午兰也需要"商量"，她们该用怎样细嫩的嗓音呢？呢喃说着次第展露芳菲心事的话题，连枝叶都给薰香了呢！不想邀宠，无意争妍，慢条斯理地说出一个个漂亮的心愿，在完成了与星光的神秘对话之后，便义无反顾地凋萎了自己。如果这一株植物也拥有一个小小的心儿，它一定是淡定的、从容的，也无疑是聪慧的、睿智的。太欣赏它那么妥帖地安排好了自己的花期，努力迁延了自己生命中最美丽的时光！

　　如果，如果上帝也让我开出自己的一种花，昨天的我，或许会在选择的时刻惶惑，因为我同时爱着许多种花，掂量中，我定会被不得已的扬弃轻轻折磨；但是，今天，我已毅然决定让自己开成子午兰！不在喧嚷的时刻喋喋不休地诉说，不在阳光与尘土交织的天空下迫不及待地披露心迹。珍藏着一个紫蓝色调的愿望，面对自己的灵魂，悄然打开。借一方无形的镜子，照见自己无瑕的容颜。在这个"凋谢"无情地觊觎着每一个无辜生命的世界上，我愿意学着子午兰的样子，每天让自己开出一朵花，不急于和盘托出满心锦绣，不迫着他人喝彩，认真掐算着，精心安排好每一个日子，细水长流地支付自己的美丽心情。只要有花可开，就不允许生命与黯淡为伴。而当凋谢必然降临，就在自己的花影中欣然谢幕，不怨艾，不盘桓，走得果决而又凛然。

心许子午兰。唯愿我的爱从尘世的喧嚷中沉静地滤出，作别繁复与火爆，携着一个简约的梦想，步入一种全新的纯美境界……

你带走了十万朵栗花

岁月在眼前翻页，永不知倦。不等人的，又何止栗花？

迁西一个朋友发来短信："栗花节到了，来看栗花吧。"

想起了你。

去年，也是这个时节，你发来同样内容的短信。我说："忙啊。"你说："栗花不等人。"我开始在心里跟自己打架。结果，那个忙俗务的自己打败了那个想看花的自己。

新板栗上市了，却传来不幸的消息——你与夫人，在去遵化的路上遇到车祸，双双殒命。

我哭着，赶到迁西去为你送行。

一路想着你小小亮亮的眼睛，想着你温煦的笑。"师姐"，你总是这样叫我。是在一个会上，我提到自己的母校，散会后你跑过来跟我握手，说："咱俩同校、同系！"打那儿以后就认识了，开会总能见到。一次你说："师姐，咋没看过你写栗花呢？"我说："我还没见过栗花呢！栗花啥样？"你笑了，"你亲自去看看不就知道了？明年栗花节的时候，我请你看栗花！我们迁西最多的花，就是栗花。花开时节，你随便放眼看过去，少说也有十万朵栗花入眼！"听得人神往得不行，欢快地应下来。不想，一拖竟拖了五六年……若知道再无机会与你同看栗花，在你说了"栗花不等人"之后，我定会断然抛却手头所有事务，马不停蹄去赴你的"栗花之约"。

快进迁西县城的时候，我看到一块巨型广告牌，上书"板栗之乡欢迎您"，那衬底的，就是栗花了吧？淡黄，穗状，挨挨挤挤。——师弟，师姐一再错过的，就是这些花吗？

胸前一朵白花，换走了你的笑。

你那么年轻，走时，心中装的遗憾，怕也有十万个吧？在那十万个遗憾当中，没约来师姐看栗花算不算一个？

岁月在眼前翻页，永不知倦。不等人的，又何止栗花？冥冥中，有双不识闲的手，永远以"倾覆"为使命。我们那来不及兑现的愿望，就那样随栗花一朵朵黯然飘落，凝眸处，已是尘泥。

你带走了十万朵栗花。今岁，就算我把自己送到繁花如瀑的栗花节，凋败的痛，也会在我体内恣意奔突……

隐秘的创伤

　　能够诉人的，伤得浅；不能诉人的，伤得深啊。

　　上小学的时候，跟同学打架，胳膊上挂了彩。回家不敢让暴脾气的外祖父知道，便在大夏天里天天穿长袖衣服，以掩盖伤痕。

　　发现这段经历似乎有着某种象征意义，是多年以后的事。

　　总是被伤着。身上有太多隐秘的创伤。即便是最亲密的人，也不能或不便相告。

　　起初的时候，根本没料到自己是奔着一个伤口去的。欢天喜地地，向着惹得自己心动的方向迸发了。那快乐自然也是隐秘的，没想到要与谁分享。只是自己的口与自己的心频频对着话，有意让其中的一个站到另一个的对立面去讥诮嘲讽她，劝她回头，但另一个却是才思敏捷、牙齿伶俐，几句话就把那个挡道的东西给撂倒了。明知道自己原是偷偷偏向着那个一心思谋着做傻事的自己，却奈何不了她，只好由她去了。

看山不再是山。想回头，却止不住惯性的脚步。

必然的创伤必然地来了。

四周全都是人。我突然就流泪了。蹲下，假装靴子出了问题。把一个装饰扣襻，解开又扣上，扣上又解开……真怕此刻有个不长眼的家伙热忱地陪我蹲下，殷勤地问："喂，需要帮忙吗？"

以为下一次能长记性。可是偏不能。

捧出一颗心，任小鸟来啄。小鸟当真来啄了，才知道心痛到底是怎样一种况味。

夜来，无眠。悄悄检点自己隐秘的创伤。总想用高傲命名自己的灵魂，可在一个特别的时刻，她却甘愿与卑微为伍。她不惜降低自己，为的是衬出一朵花的美丽。她的痛苦多源于对世界要求的过分——在春天之外再要一个春天，在少年之后再要一回少年。被回绝的时刻，她不禁莞尔，身上，却分明有了伤痕。"你是因爱受伤。"——她这样对自己说。她想起了自己面对一份爱曾是多么的嘴硬，她说："我不爱你，我只是爱上了爱你的那种感觉。"

那种感觉，是抛洒着玫瑰花瓣走在刀锋上的感觉。痛，瞬间从足底传到心尖；她却强令自己笑靥如花，衣袂飘举，在纷飞的花瓣雨中走成一个快活仙子。

多少年，一心巴望着有人能睁开第三只眼看到自己身上隐秘的创伤。"如果有人猜到了，索性就朝他（她）和盘托出！"终于遇到一个也有着隐秘创伤的人，但是，在得知了伊人内心的秘密并陪着伊人慷慨垂泪之后，伊人向她索要故事，她竟恬然背叛了自己。——能够诉人的，伤得浅；不能诉人的，伤得深啊。

战战兢兢地跟自己说：遍体鳞伤之后，便再没有可伤之处了吧？哪知这回又错了。因为，同一个地方，居然可以反复承载创伤……

那一天，跟一个小我11岁的女孩对聊，发现她竟是个可遇不可求的听者，便毫不隐讳地告诉她说："我的生命史，就是我的受伤史啊……"她听了浅浅一笑，说了一句日后被我反复微笑着忆起的话："妙人儿大都这样。"

让我在鲜美的时候遇上你

阳光俯身亲吻我的草莓，我看见金光霎时镀亮了她们的每一个侧面，就连我眼睛看不见的篮底的那一颗也被一种极温柔的光轻轻穿透。

我的玻璃板下面压着一幅艺术摄影，墨色的背景下是一篮红草莓，那草莓饱满光艳、鲜嫩欲滴。清理桌面的时候，我常情不自禁在那些草莓上放慢动作，好像一不留神儿就会弄破了她们似的。阳光俯身亲吻我的草莓，我看见金光霎时镀亮了她们的每一个侧面，就连我眼睛看不见的篮底的那一颗也被一种极温柔的光轻轻穿透。我久久地凝视着这些诱人的佳果，唇齿间渐渐涌上了一股挥之不去的芬芳。

这幅摄影作品上有一行令人吹嘘慨叹的题字——让我在鲜美的时候遇上你。

那是草莓的喁喁低语吗？当她青硬酸涩的时候，她婉拒了

187

你；当她衰败腐烂的时候，她回绝了你。只有当她独自走完了长长的风雨之路，当她的生命在万丈深渊的崖岸上招展如旗的时候，她祈望着遇上你。

不要早一步，也不要迟一步，你能在茫茫寰宇的某个时空的坐标点上准确地寻到她吗？

她婉拒你的时候，她还无法预料自己日后的容颜，但她知道自己的美丽有一个漫长的潜伏期，她想让你等，直到她能将一份狂沙吹尽后的锦灿和盘托给你；她回绝你的时候，她明白她已经永远错失了你，她不愿意让一种痛从她的体内蔓延到你的舌尖——因为珍视，她未许你。她说："忘了我。"可她哪怕是成泥成尘，也会深深深深地忆念你。

——让青春的草莓、情爱的草莓、智慧的草莓都能在最鲜美光艳的时候遇上自己祈望遇上的人吧！让青春遇上挚友，让情爱遇上佳侣，让智慧遇上良师。让每一颗草莓都远离寂寥和怨怼，让她说："我爱过，也被爱过；我美丽过，我也被欣赏过。我的一生，没有缺憾。"

——啊，让我在鲜美的时候遇上你。

曾在树上刻你的名字

多希望那是一个用橡皮就可以擦掉的错误，而随着梧桐树长大的，是我对你真诚的赞美而不是恶意的咒骂。

我和你长得很像，从前走在一起，总有人问："你们是双胞胎吧？"我们便骗人家说是的。我们穿一样的衣服，梳一样的辫子，追求能从对方身上嗅到自己生命芬芳的"姐妹花"的气息。也许是透支了太多的快乐，也许是孩童期的心灵容不下生活的瑕疵，两个人的友谊很快就走到了尽头。

早忘了怨恨之火是如何点燃的，似乎一夜之间就不再是朋友。我倚在家中的梧桐树上，用铅笔刀在树干上恶狠狠地刻下你的名字，并在后面缀上诅咒的话……

多年后，回故乡度假，我走在灿烂的阳光下，突然被人一把拉住，竟冲我喊出了你的名字！瞬时间我激动得语无伦次："啊，你……我不是，我是说……我是她的朋友，你有她的消息吗？"那人失望地放开了我的手臂，说："真对不起……"

就是这样一个年少时被重复过无数次的美丽错误又把我带回那时的生活，我早已忘却曾有过的不快，脑子里只是反反复复地回放着那些逗人开怀的美好细节。

但是，当我跟着这种幸福的眩晕转回了自家的小院，无意间居然看见当年刻在梧桐树干上的丑陋的文字，随着树的生长，那些笔画已变得又粗又重。我用手掌动情地覆住了你的名字，就像覆住一张流溢着真情和友爱的笑脸。

怎能相信自己竟曾给这张笑脸缀上过那样一个无比粗暴恶毒的评价？又怎能想到少年时的一点儿不快竟会穿过漫长岁月化为铭心的悔恨？多希望那是一个用橡皮就可以擦掉的错误，而随着梧桐树长大的，是我对你真诚的赞美而不是恶意的咒骂。而你，已不知去向……

于是，我还需要不停地为那件蠢事支付高额的痛苦，只是现在我已学会叮嘱自己：不要镌刻仇恨，永远不要为怨怼留下任何可供凭吊的遗址。

我丑故我在

一个可以忽略女人丑陋的男人，是这世界上所有女人的契友。

要是我没有记错的话，应该是清朝一个叫张潮的家伙吧，他总结过人间"三大不幸"——镜不幸而遇嫫母，砚不幸而遇俗子，剑不幸而遇庸将。那个嫫母，是古代"资深"丑女。嫫母生活的时代，镜子还没有发明出来，美眉们涂脂抹粉梳鬓描眉都要到湖边去，特称"鉴于水"。据古书上记载，人家嫫母自知长得对不起观众，从来都不到湖边去"照镜"的；倒是那个轩辕相中了嫫母的高德端品，硬是忽略了她无敌的丑陋，让她做了自己的第四妻室。

英国女作家乔治·艾略特有着无可争议的丑。她如花的少女时代过得像败叶一样灰暗苍凉。情感丰富的艾略特曾痴狂地爱上了当时一位著名的文人，但这位文人消受不起这份令他寝食难安的错爱，他万分抱歉地告诉她自己的床上实在没有安放

191

她的位置。火一般的艾略特只好揣着一块冰，黯然离去……艾略特的春天是在她50岁时来临的。一个比她年少20岁的英俊男子着了魔般疯狂地爱上了她，并最终娶她为妻。这位非凡的男人名叫约翰·克劳斯。克劳斯写信给父亲形容艾略特的外貌时说道："她长得太丑了，但是丑得很有味道。她长着低平的前额，一双无精打采的灰色眼睛，一只松弛的大鼻子，嘴大、牙齿不齐、下巴和颚骨突出……这副极其丑陋的容貌，却有一种令人震撼的美！几分钟以后，它悄然潜入我心底，使我心醉。她是我所见过的最博学多闻见识卓越的女人！所以我深信，你也会像我一样爱上她……"——我的上帝！在好男人快要失传的世界上，竟然有这样的"珍藏版"发行！他的眼睛忠实地工作着，他看清了她的丑，并心平气和地接受了这种原可能惹得人暴跳如雷的丑；他的心智忠实地工作着，他披沙拣金地从那丑中提炼出了珍稀的美，从而给自己的蚀骨之爱找出了一个伟大的理由！

我的曾祖母说过一句经典台词——"破锅自有破锅盖，蛤蟆自有蛤蟆爱。"读初中的我，把这个句子理解成了丑男人找丑女人搭伙过日子。可是，在我的曾祖母去世这么多年后的今天，我想跟她说——破锅也有金锅盖，蛤蟆还有王子爱。

同样一个温馨的爱情故事，如果发生在美女身上，我们可能只允许自己充当一个清高的看客；但如果发生在丑女身上，我们就要把自己的心塞满感动，然后唏嘘泪流。丑女无疑是姿容国里的"弱势群体",她们叹息过、愤恨过、怨尤过、哭泣过。当娇媚的女子们"鉴于水"的时候,丑女无水可鉴,只有凄然向隅。哪个骗子的胡言——世上无丑女?其实,任何一个女人,即便是月貌花容、落雁沉鱼,她都是一个潜在的丑女!畏惧变丑的惶恐感折磨着每一颗脆弱的女人心。今天美丽100分,明天美丽值几何?明天老了,驼了,发稀了,齿脱了,明眸暗了,朱颜凋了……怎么办?怎么好?揣着这难以诉人的种种忧烦,美女和丑女一样喜欢起了各种版本的灰姑娘与王子的暖心故事。

一个可以忽略女人丑陋的男人,是这世界上所有女人的契友。

——照镜子的时候,你看到镜中的那个女人在为镜子的"不幸"而愁容惨怛。这时候,你就让自己想一想轩辕和克劳斯。想着想着,你就会兀自微笑起来,跟自己说:丑点又何妨,我丑故我在。

生命本质的香

就算树上没有花，我们也一定能够嗅到一种生命本质的香啊！

家族中的一个小妹对我说：姐，我有男朋友了。

我说：是吗？他对你好不好？

小妹抿着嘴笑了，说：我猜你就会问这个问题。你知道吗？当我跟人说出我恋爱的事，我发现，所有结了婚的女人都会这么问——他对你好不好？而所有没有结婚的女人却一律问我——他长得帅不帅？

我也笑起来。倏地忆起了自己刚刚做了妈妈的情形。未婚的姐妹打来电话，开口就问：喂，小家伙长得漂不漂亮？而结了婚的姐妹则一定会问：喂，孩子的奶够不够吃？

细细想想，不一样的何止这些？做女孩的时候，只有当一棵树开花时才觉得它是美的，目光被花瓣吸引了，日记整日翻开着，激动不已地歌颂那满树的芳菲；作别了女孩以后，才学会了静下心来端详铅华洗尽后的树的美——挺拔的躯干，繁茂的枝叶，暴雨中的酣畅淋漓的洗浴，秋阳下金光流溢的神采。更难得的是，还学会了默默观察一棵棵露出根须的树，阅读它潜藏于地下的细密心思。就算树上没有花，我们也一定能够嗅到一种生命本质的香啊！

从单薄的美艳到厚重的美丽，从浅表的关注到深层的关怀，从追索一种炫目的摇曳到回归一种冷凝的沉静，从仅仅能够捕捉有形的香到可以敏锐地感知生命本质的香，我欣喜地看到了一个女人的成熟——必然的可贵的成熟。

第七辑
心灵洞箫

头顶一方青天，脚踏一片大地，我在天地之间从容行走。

分　茶

一等茶叶，供奉佛祖；二等茶叶，供奉众生；三等茶叶，留给自己。

幽深禅院，茶香弥散，一位禅师身披晚霞端坐于寺门前。禅师的面前，摆了四个大小不一的旧笸箩，笸箩里分盛了新采的鲜茶。——师父在分茶。

他郑重地从大笸箩里抓起一小把碧绿的茶叶，摊于掌心，端详片刻，尔后，将它们分别放进那三个小一些的笸箩里。

一个学生模样的游人纳罕地站在分茶的禅师面前，开口问他道："师父，为什么要把茶叶分成三个等次呢？"禅师没有停下手中的活，幽幽答道："一等茶叶，供奉佛祖；二等茶叶，供奉众生；三等茶叶，留给自己。"

游人听得动容，遂俯下身子，饶有兴味地盯着师父掌心的茶叶观瞧。瞧了半晌，也没瞧出个分晓，便又忍不住问道："师父，在我看来，这些茶叶也没啥区别啊。您到底是按照什么标准区别的呀？"

禅师抬眼看着寺外绿意盎然的小山，从容应答游人："虽说这些茶都是初展的黄金嫩芽，但我还要一望其色、二观其形、三会其意、四领其韵。我以色润、形端、意幽、韵雅作为一等茶的标准，其余两种，品质递减。——其实，我也分不好，是那小山上的两株百年老茶树在帮着我分呢。"

游人似懂非懂地点着头，一遍遍回味着禅师的话，若有所思地离开了寺院。

后来，游人在尘网中尝尽炎凉，阴差阳错地，竟踏入了仕途。几乎每一天，他都要分有形无形的茶。

一等茶的诱惑是那么大，最重要的是，如果他私享，没有人能探勘到他舌底的滋味。伸手的时候，他的心一颤，耳畔响起了分茶禅师幽幽的声音："一等茶叶，供奉佛祖；二等茶叶，供奉众生；三等茶叶，留给自己。"

他战胜了自己的贪欲。

素日吃茶的时候，他手把一盏香茶，竟会痴痴地想："说不定，这茶盅里沉浮舒展的，就是师父分与众生的二等茶呢！他还好吗？他依然在幽深的寺院里满足地啜着最下品的三等茶吗？"

再后来，他获得了一枚金光闪闪的奖章。在一个盛大的时刻，各式的话筒花蕾一样簇拥了他。那么多虔敬的耳朵，期待着听到他内心的声音。他却一时语塞。他身体里有个声音左奔右突，几乎要将他掀翻。那个声音说："其实，我也分不好，是那小山上的两株百年老茶树在帮着我分呢。"

执虚如盈

恭肃的心，充盈了器物；颖慧的心，充盈了月亮；虔敬的心，充盈了天地。

每当听到学生们背诵《弟子规》中"执虚器，如执盈"的时候，我都会不由自主地放慢了脚步。

好喜欢这两个短句！一遍遍在心里默念它，被提醒的顿悟与被寄望的欣悦暖暖地包围了我。

从字面上来看，它很好理解——就算你手里拿着的器物里空无一物，你也要当它盛满了东西一样，小心翼翼地捧着，不要生出半点轻慢不恭。

我试图让自己潜入这两个短句的深层，轻轻叩问一下作者：先生究竟出于怎样的考虑，号召人们视"虚"为"盈"呢？难道说仅仅是为了爱惜器物、不使堕地吗？

——当然不是。

先生应该是十分看重那颗"恭肃的心"的。即使是捧着一只粗瓷的空碗，也当那里面盛满了佳肴美馔，不因"空"而生狎昵，恭肃的心，惴惴地悬了，让"盈"在这一刻成为"虚"的别解。

我得承认，我是慢慢喜欢上那种"执虚如盈"的庄肃感的。在这个美好的提示面前，我郑重地将自己所打发走的日子归了类，分为"执盈如虚""执虚如虚""执虚如盈"三个阶段。

在"执盈如虚"的岁月里，何曾知道自己正"执盈如虚"？生活将那么多盛满了琼浆的精美器物送到我手中，我却没想到它们都是需要我怀着一颗恭敬的心去珍爱的。这颗心，与其说是粗疏的，不如说是贪婪的，它惯于挑剔、惯于骄横、惯于在一朵花前遥想另一朵花。

后来，生活或是恼了？竟粗暴地略去了"洽谈"的程序，劈手从我怀里掠走了一些，又掠走了一些。我不能呼告、不能悲鸣，只能默默注视着自己越来越空虚的怀抱，惊恐莫名。于是，赞歌喑哑，腹诽茁长。一双"执虚如虚"的手，注定逃不掉被荒漠吞噬的命运。

感谢那个飘着海腥味的夏天，它使我幸福地读懂了"盈虚"的内涵。在那条仿佛被世界遗弃了的夜航船上，我站在甲板上看下弦月，一位写诗的大姐静静地站在我身旁，我叹口气说："月缺的日子，总是多于月圆的日子——多像生活！"大姐却说："换个角度想想，每一天的月亮其实都是圆的——你用光明的想象补充上那暗影部分就成了。"我把这说法进驻我的心的那一天看成节日，因为就是打从那一天开始，我渐渐修炼了一项将一弯金钩看成一轮玉盘的本领。

那一年，在大昭寺，顺着导游的手指看去，我们看到了那么多塞在"牙柱"缝隙里的牙齿。导游告诉我们说，这些牙齿都是朝圣者的，他们不幸死在了朝圣途中，同行者便敲掉他们的牙齿，带到了这令他们神往一生的圣地。浩叹四起。我知道这些浩叹背后不乏鄙夷的同情，但是，我却忍不住朝那些牙齿深深鞠躬。想那毅然踏上朝圣之路的人，大概都曾预料过这样一个途中抛尸的结局，可这却没有成为他们逃遁的理由。甘心的生命，甘心的灵魂，将空虚的朝圣之旅装扮得一路花开。

恭肃的心，充盈了器物；颖慧的心，充盈了月亮；虔敬的心，充盈了天地。说到底，真正空虚空洞的，既不是器物也不是生活，而是我们昏花的眼与蒙昧的心。

——"执虚器，如执盈"，是一种态度，更是一种境界啊。

心香高燃

在这佛光闪闪的圣地，我心香高燃。那香烟飘袅的，是我无尽的禅思；那香灰溅落的，是我消解的尘劳。

我忘不掉台湾的中台禅寺。

"朝圣"的路上，我一直在偷笑。因为导游说那是一座安装了电梯和 LED 显示屏的禅寺，他还说，那座禅寺拿过建筑设计奖，拿过灯光设计奖。——天！那是禅寺吗？

置身一座中西合璧的华妙建筑前，见香客熙来攘往，却看不到一人焚香。导游说："喏，你们注意到了吧？这可是一座'禁止烧香'的禅寺哦！烧香，既会造成大气污染，又会弄脏地面、熏黑殿宇，还会带来火灾隐患，所以呢，中台禅寺号召香客们用鲜花和水果替代香烛。——都说'佛争一炷香'，可中台禅寺的佛，偏偏就不争那一炷香啊！"听得我们唏嘘慨叹起来。等地导的工夫，见一位年轻男子，捧了一束类似"满天星"

的素色小草花，从我们面前飘然走过，澄澈的目光直视前方，口中念念有词。

地导来了，是个单单薄薄的女孩，讲一口又甜又糯的台湾普通话。她向我们介绍中台禅寺的住持惟觉大和尚，介绍惟觉大和尚的弟子、禅寺设计者李祖原居士，介绍禅寺享誉台湾的著名修持活动"禅七"……她带我们参拜寺内一尊尊精美佛像，那汩汩从她口中流出的，不像是解说词，倒像是佳妙的颂词。最让人讶异的是，每到一尊佛像前，女孩都不急着讲解，而是扔下我们，凝视佛像，双手合十，俯首轻诵一声"阿弥陀佛"，从容完成这项"必修"的功课后，她才款款转身面向我们，开始悄声细气的讲解。

最让我感兴趣的是"禅七"。所谓"禅七"，就是禅坐七日，达到"定心、净心、明心"的目的。地导说："如果要给'禅七'一个通俗解释，那就是'七日思维修'。"我们去的不是时候，"冬季禅七"尚在准备阶段。"禅七"居然也要分"界别"，其中有一个名目叫"学界精进禅七"。"学界精进禅七"所接收的均是来自世界各地的教育界人士。他们笃信《禅门经》所言"求佛圣智，要即禅定；若无禅定，念想喧动，坏其善根"，因而来到中台禅寺"打禅七"——通过七日禅坐，找到生命的源头活水，明了自我安身立命之所在。"禅七"，就是直接进入战场，跟自己作战，短兵相接，返照自心。"禅七"期间，要早晚课诵《心经》；"禅七"所医，是"妄想、昏沉、无聊、无记"四大心病，提倡"人在哪里，心在哪里"。我注意到，"激发惭愧心"，竟也赫然列入了该项修持活动的目标。在这七天当中，参禅不仅仅在禅堂进行，还要力求做到"行亦禅，坐亦禅，吃喝拉撒皆是禅"……"禅七"又叫"生死七"，开悟则生，不开悟则死。据说，在中台禅寺"打禅七"的居士均可开悟。我饶有兴味地揣想着自己的教育同行们怎样欣喜地携着菩提种子离开，将善与力撒播到菁菁校园——这件事，想想都令人开怀。"外在高楼终归坏，自心华屋永不灭"，这是我在禅堂之外的匾额上看到的一副对联，读着它，仿佛读着自我的心语。喜不自胜地拍下来，一遍遍默默习读。

离开中台禅寺的时候，我们每人获赠一瓶"吉祥水"。地导提醒道："各位，这可不是寻常的矿泉水，它是开过光的吉祥水哦！师父们对着这水虔诚诵经，使水的品质发生了奇妙的变化。记得把这美好祝福带回家，和家人一道分享哦！"纵然我们知道地导的话有明显的夸饰成分，但我们每个人都欣然将这取自有着强大的仁爱气场的"吉祥水"珍爱地带回了数千里之外的家。

"中台拈花，众生微笑"，这是镌刻在中台禅寺徽标中的八个大字。"中台"，被我一厢情愿地诠释成了"我心中的灵台"。在这座"最现代化、最艺术化、最生活化"的寺院里，我未曾点燃一炷香，然而，我一直固执地在心里将自己唤作"香客"——在这佛光闪闪的圣地，我心香高燃。那香烟飘袅的，

207

是我无尽的禅思；那香灰溅落的，是我消解的尘劳。我的心，虽不曾在禅堂里静悟七日，但是，我愿意在接踵而至的一个又一个的七日里跟那个"妄想、昏沉、无聊、无记"的自己作战，短兵相接，返照自心，以期建成一座"永不灭"的"自心华屋"。

吸进来，呼出去

吸进来，是一次重生；呼出去，是一次涅槃。

"吸进来，呼出去"，这六个字，是我在一座寺院迎门的颓壁上读到的，无意间一抬眼，不知为何，这个藏在满墙文字汪洋中的句子竟自己浮凸出来，要我认出它。仿佛被久候的人轻轻拍了一下肩膀，心一动——噢，你终是来了。薄薄的欢喜，登时掠过忧伤的心堤。是一种松绑的感觉。然而，我却不曾滞留，目光挪开的当儿，脚步已然随着众人走远。

春光正好。游寺院的时候，心里一直默诵着那六个字——"吸进来，呼出去。"默诵"吸进来"的时候，当真就在吸进来；默诵"呼出去"的时候，当真就在呼出去。发现自己默诵得越来越舒缓时，知道自己是在做着深呼吸了。

香烟缭绕。耳畔是木鱼与诵经的寂寂长音。

那么多人"呼"地拥到了一个花池前，指着花池里几株扭曲丑陋的植物争论着这究竟是什么花。那植物刚刚冒芽，一簇簇褐色的叶尖在枝头紧紧抱住自己，还没有舒展开来的意思。——是呢，这到底是什么花呢？这时候，一位老者走过来，指着一簇褐色叶子的中央说："看这里——"我凑过去，仔细端详他指着的地方。原来，那叶子中央隐藏着一个极小的花苞！

"是牡丹啊！"老者说，"这一株，是白色的；这一株呢，是红色的；这一株最名贵，是紫色的，名叫'紫二乔'。"

大家听罢几乎齐声叹起气来——叹自己早来了一步，没看到牡丹花开。我被这沮丧的叹息洪流裹挟着，差不多也要跟着叹息了。但是，我很快让自己止住，俯身对着那尚处于"婴儿"阶段的花与叶，做深呼吸。

若不是那老者相告，我怎么也想象不出那一截截柴禾般干枯粗糙的枝干正酝酿着一场无限华美的盛开。眼下，她还没有准备停当，但她绝不是存心让我错过她的花期。我本不是为着她而来，我没有理由要求她为我提前开放。我愿意为不久后的那个日子付出一些美丽的猜想，并且愿意听凭这美丽的猜想熏香我的每一缕情思。

已经很好了——在这几株牡丹花前，吸进来邂逅的欣悦，呼出去错过的懊恼。

许多时候，我是在颠倒的状况下呼吸的——吸进来不当吸的，呼出去不当呼的。谬误的呼吸，弄乱了自己的心。曾经嘲笑过在烂泥塘中扑腾的鸭子，只隔了一道水坝，那边就是倒映了蓝天绿柳的清水池塘，傻傻的鸭子，却不懂得"弃暗投明"的道理，只管执着一念地在烂泥塘里把自己越洗越脏。"那边多好啊！"我跟鸭子们说，一心巴望着它们能听懂并领受我的美意，毅然转身，头也不回地奔赴清水池塘。但是，它们辜负了我。而我，又是谁眼中傻傻的鸭子呢？当我执着一念地在烂泥塘里把自己越洗越脏的时候，我正辜负着谁？我吸不进清爽，呼不出污浊，胸中淤塞了那么多的不快，我的倒映了蓝天绿柳的清水池塘究竟在哪里？

也有过堪慰心怀的呼吸。却难做到心地清明，了无挂碍。呼吸的通道太逼仄了，不晓得三万六千个毛孔原是都可以成为吐纳之器的——纳天地精华，吐凡俗浊气，纳就纳得充分，吐就吐得彻底，让每一寸肌肤都在这一纳一吐间得到荡涤，每一个念头都在这一纳一吐间得到洗礼。

吸进来，是一次重生；呼出去，是一次涅槃。

伫立于春光中，我痴痴地想：在牡丹盛开的时日与她相遇是可堪艳羡的，误认了牡丹且忽略了牡丹花苞是可堪叹惋的，错过了牡丹的盛开却幸运地认出了她且能够在一个真实的花苞上揣想她倾国倾城的容颜是可堪玩味的。至于我，默诵着一个一见面就牢牢跟定我的句子，在看似枯败的牡丹花茎前想着明艳的心事，不怨艾，不懊恼，一如那些初生的牡丹花叶，紧紧抱住自己雍容的愿望，等待一场必然的绽放与飞翔——这是我清贫生命中一个多么奢华的时刻！

游罢寺院，众人的脚步开始把我往外带。走到那面颓壁跟前，我站住了。这回，却是想让刚刚苦心教会了我呼吸的那个句子看清这朵俗世之花一次不寻常的美丽颤动——吸进来，呼出去。

此刻，那个句子在满墙文字的汪洋中浮凸得愈分明了。"只有真正需要我的人才能认出我。"我听到它在说着这样的话。我颔首。内心充溢着独得的隐秘欢悦——在春天之外，我又意外地获赠了一个春天。

一切辛劳都可以被解读为幸福

　　我愿意向所有的询问者不厌其烦地讲述，讲述一个有关快乐的真实故事。

　　在布达拉宫买门票的时候，我们每人获赠一条哈达。大家把哈达挂在脖子上，问导游该把哈达献到哪里，导游说，过一会儿上到红宫和白宫的时候，大家可以随意把哈达敬献给任何一尊佛像。

　　蓝天在我们的头顶，蓝得有些失真；偶有白云飘过，就有人急唤同伴："快给我拍一张！拍上这朵白云！"

　　我们走到一堆刻着文字的石头面前，看到旁边的树上挂着几条哈达，便问导游这是怎么回事。导游告诉我们说："这些石头叫做玛尼石，是朝拜者们从遥远的地方一块块搬来的。"有人被虔诚的朝拜者不辞辛苦搬运石头的举动感动，当即从脖子上摘下哈达，用一个活结系在了玛尼石边的树上。

转过一个弯子，我听到了一阵特别嘹亮的歌声，是无伴奏的女声合唱，高亢得仿佛钻到了云彩尖上。便忍不住猜想：难道布达拉宫也像别的旅游景点那样举办民俗活动，用地方风情歌舞吸引游客？

喘息着爬到最高处，感觉脚下的路面突然变得好光滑。"哟，这里怎么会是水磨石的地面？"有人向导游发问。导游笑起来，说："你再好好看看，这跟你们那里的水磨石地面是一样的吗？"我们便一起弯下腰仔细勘察，结果发现，这里的"水磨石"是可以刮下土渣的。导游解释说："这叫阿嘎土，是我们西藏特有的。你们可能会问，土做的地面怎么可能这么硬、这么亮？告诉你们，那是因为捶得久的缘故。捶地面是个很辛苦的差事，也是个很光荣的差事。布达拉宫的地面就是信徒们一下下捶出来的。"

这时候，我又听到了那无比美妙的女声合唱。灿烂的高音，近在咫尺，直捣耳鼓。

我听不懂那歌词，但约略可以断定那是饱含快乐的。跳荡的音符，阳光般掠过了我，又雨丝般浸润了我。"大概，这是倾诉爱与被爱的欢乐的歌子吧？"这样想着，不由得在心里默记了那旋律，时间不长，竟可以断断续续地跟着哼唱了。

到了红宫和白宫，大家纷纷将脖子上的哈达献给了最能打动自己的佛像或最能触动自己的灵塔，只有我的脖子上依然挂着那条哈达。

从最后一个灵塔殿出来，我又被那歌声撞个满怀。终于忍不住问导游："这是谁在唱歌呀？这么好听！"导游走到殿堂廊柱前，掀开遮挡视线的墨色网罩，用手指着一个方向说："你看，那个金顶正在维修，为了不扫参观者的兴，就给遮挡起来了；现在，金顶修得差不多了，开始捶地面了，那歌就是那些捶地面的人们唱的。她们都是虔诚的信徒，能被选来捶神圣的金顶地面，这是她们今生最大的荣耀。所以，她们就边劳动，边快乐地唱歌。"

　　原来，那是在劳动中唱的歌！长这么大，我从来没有见过劳动中的人有这么欣悦、这么欢畅！想来，那搬着沉重的玛尼石前来朝拜的人也是会在遥迢寂寞的路上唱歌的吧？因为佛在心里，因为佛在旁侧，所以一切的辛劳都可以被解读为幸福！一时间，我这个终日在工作中苦熬苦挣的人被这顿然的领悟温柔地包围。我摘下脖子上的哈达，把它系在了朝向金顶方向的廊柱上，又举起相机，为在金顶上幸福劳作的人们拍了一张照片。

　　如今，那张照片已被我设置成了电脑桌面。每天，我都巴望着有人问起这究竟是怎样的一张照片，我愿意向所有的询问者不厌其烦地讲述，讲述一个有关快乐的真实故事。

心中的清凉

让我们在每一面镜子前驻足，认清自己脸上刻着的那个清晰的字。

一条渡船上，上面载满了急切到对岸去的人。船夫撑起了竹篙，船就要离岸了。这时候，有个佩刀的武夫对着船家大喊："停船！我要过河！"船上的客人都说："船已开行，不可回头。"船夫不愿拂逆众人的心，遂好生劝慰武夫到："且耐心等下一趟吧。"但船上有个出家的师父却说："船离岸还不远，为他行个方便，回头载他吧。"船夫看说情的是一位出家人，便掉转船头去载那位武夫。武夫上得船来，看身边端坐着一位出家的师父，顺手拿起鞭子抽了他一下，骂道："和尚，快起来，给我让座！"师父的头被抽得淌下血来。师父止着那血水，却不与他分辩，默默起身，将座位让与了他。满船的人见此情景，煞是惊诧。大家窃窃议论，说这位禅师好心让船夫回头载他，实不该遭

216

此鞭打。武夫闻听此言，知道自己错打人了，却不肯认错。待到船靠了岸，师父一言不发，用水洗净血污。武夫看到师父如此安详的神态举止，愧怍顿由心生。他上前跪在水边，忏悔地说："师父，对不起。"师父应答道："不要紧，外出人的心情总不太好。"

讲这故事的人是这样评价这件事的：禅师如此的涵养，来自视"众生皆苦"的慈悲之心。在禅师看来，武夫心里比自己苦多了。不要说座位，只想把心中的清凉也一并给了他。我坐在这个故事的边缘长久发呆。我轻抚自己的心，悄然自问：这里面究竟有几多的"清凉"？

和那位拥有着"沉静的力量"的师父比起来，我是近乎饶舌的。现实的鞭子还没有抽打到我的身上，我已经开始喋喋地倾诉幽怨了。我不懂得有一种隐忍其实是力量，我不懂得有一种静默其实是惊天的告白。我的心，有太多远离清凉的。面对误解，面对辜负，面对欺瞒，面对伤害，我的心燃起痛苦仇怨的火焰，烧灼着那令我无比憎恶的丑恶，也烧灼着我自己颤抖不已的生命。我曾天真地以为，这样的烧灼过后，我的眼将迎来一片悦目的青葱。但是，我错了。我看到了火舌舔舐过的丑恶又变本加厉地朝我反扑，我也看到了自己"过火"的生命伤痕累累，不堪其苦。总能感到有一道无形的鞭影在我的头顶罗织罪名，总是先于伤口体会到头破血流时的无限痛楚。我漂泊的船何时靠岸？洗净我满头血污的河流又在何方？

当我和这位禅师在一本书里相遇，曾忍不住抚着纸页痴痴地对他讲：因为怜恤，所以，你不许那人独自滞留岸上；遭遇毒打时，你因窥见了那人焚烧自我生命的满腔怒火而万分焦灼；当那人跪下向你忏悔，你原谅了他，还真心地为他开脱——你的心中，究竟储备着多少清凉？面对你丰富的拥有与无私的施予，我一颗寒酸寒苦的心，感动得轻颤起来。

几年前的一个寺院，一位师父告诉我说："一照镜子，你就读到了一个字。"愚钝的我傻傻地问道："那是个什么字呢？"师父在自己的双眉上画了一横，又在两眼上各画了一下，然后在鼻子上划了一个十字，末了，又指指自己的嘴，问："猜着了吗？"我懵懵懂懂地说："没……有。"师父说："哦，猜不着才好。猜不着，你有福了。"说完，径自去了。我急煞煞地问同行的伙伴："到底是个什么字啊？"伙伴说："是个'苦'字哦。"

——却原来，人人是带着一个"苦"字来到尘世间的。你是苦的，我是苦的，人生皆是苦的。惊悸的心，枯涩的心，猜疑的心，怨怼的心，愤怒的心，仇恨的心，残忍的心，暴虐的心……这些心，全都淤塞着太多太多的苦。被苦主宰着的心远离春天，远离自由。当我们宣泄内心的苦的时候，这苦最先蜇伤的，往往是我们自己。就像那个高举鞭子的武夫，鞭子未及落下，自己的灵魂已皮开肉绽。说到底，无非就是这样一个道理——虐人亦即自虐，爱人亦即自爱。

让我们在每一面镜子前驻足，认清自己脸上刻着的那个清晰的字。让更多的人一抬手就能轻易得到自己心中无尽的清凉。

佛　心

　　在这个物质的世界上，并非只有"到达"才算得上真正的到达，途程遥迢，但到达的意义无处不在。

　　初秋时节，我与几个新结识的朋友一道从成都乘车去游览峨眉山。

　　我们乘坐的是一辆小面包车，一路上大家尽情欢笑。有一个叫叶子的小女孩，很快就成了车上的中心人物。五岁的叶子居然可以声情并茂地背诵李清照的《声声慢》。背诵完毕，掌声雷动，妈妈便又让她背诵苏轼的《赤壁怀古》，但叶子说："我没情绪背这首词。"大家哄笑起来。妈妈再强求，叶子便斜睨着妈妈说："唉，你真不懂得孩子的心！"妈妈和整车的人都笑翻了，但叶子不笑，很忧郁地看着车窗外面。

　　过了一会儿，叶子蹭到司机跟前，小声问他："叔叔，后面那个小猴是你的吗？"大家见她这样问，便都回头去看——在后窗的一边，悬着一只小布猴，两条长长的手臂淘气地勾在窗框边上，身体随着车身的晃动来回摆个不停。司机说："喜欢吗？喜欢就送给你啦！"叶子听了，连忙摆手说："叔叔，我没有想要你的小猴子，我只是想动动它。"司机笑笑说："动吧，我批准了。"叶子走到后窗边，爬上座位，摘下小猴，让它"坐"在了后排的椅背上，然后，舒了口气跟旁边的人说："好了，换个姿势，它就不累了。"

安顿好了小布猴，叶子又蹭到了司机跟前，疑惑地指着汽车挡风玻璃上的一片片斑迹问司机："叔叔，你的汽车玻璃是不是该擦了？"司机说："你等着，叔叔这就擦给你看。"说着，司机打开了喷水装置和雨刮，很快就把玻璃上的污物清理干净了。但是，刚开了一小段路，玻璃上面就又污迹斑斑了。叶子问司机怎么这么快就脏了，司机说那不是脏，是车开得太快，一些飞行的小昆虫撞死在了玻璃上面。叶子"啊"了一声，伸长了脖子去看那昆虫究竟是怎样"殉难"的。这时候，一个小蚂蚱样的东西，"咚"的一下撞在了玻璃上面，飞行的生命，登时变成了一摊红红黄黄的污迹。叶子看呆了。她带着哭腔央求司机说："叔叔，你慢点开好吗？别撞死这么多的虫子！我们晚一点到峨眉山没有关系的。"

临近中午的时候，我们到了峨眉山报国寺下面的停车场。大家徒步往寺院的方向走。初秋的天气，依然酷热难当，知了在树上声嘶力竭地叫个不停。这时候，我们当中有一位老先生不解地问导游："这地上怎么这么多一截截的电线呀？"导游笑着说："您真富有想象力呀！您再仔细看看那是电线吗？那是晒死的蚯蚓！峨眉山的蚯蚓特别多，也特别粗。蚯蚓爬到水泥路面上来，这么毒的太阳，还不很快就给晒成'电线'啦！"大家听罢笑起来。过了一会儿，突然听到落在队伍后面的叶子尖声哭叫，大家纷纷跑过去，惊问原委。叶子妈妈说："叶子在路上看到一条蚯蚓，怕它晒死，就勇敢地捏起了它，把它扔进了草地里。但不知怎么的，扔完了就吓哭了——哭成这样！"

到了报国寺，我没去礼佛，而一颗虔敬的心，不由朝向了小小的叶子。一路上，她让我通过她明亮的眼睛，看到了尘世间最真的温情和最美的怜爱：让一只布猴坐得更舒服一些，让布制的心脏也感觉到人寰的温暖；给小虫子一个放心飞行的空间，让它们无忧无虑地做完一个纯真的梦；把迷路的蚯蚓送回家，就算害怕了，也要在害怕来临之前完成自己必然的壮举……佛，把一颗大慈大悲的心安放在了一个小小的胸腔里面，让它带动起原本冷漠麻木的心生动地飞翔。愚钝的人终于明了，在这个物质的世界上，并非只有"到达"才算得上真正的到达，途程遥遥，但到达的意义无处不在。终极的眼神，将神韵赋予了沿途的每一汪清泉每一方湖泊。

树先生

遇见你，爱慕你，礼赞你，祝福你，除了这些，我不知自己还能做些什么……

春日里，应邀到阔别多年的学校旧址去参加一个活动。一路走，一路叹——变了，一切都变了。远远看到那个放置着我青葱岁月的校园，也已面目全非。下了车，走在曾经熟悉的路上，履底已然寻不到往昔的足迹；所有的建筑都是新的，新得让人手足无措。突然，我惊呼起来——我看到了记忆中的那五棵老丁香树！它们居然无恙！它们居然一如我初到那年春季安静地开着淡紫色的花朵！我奔过去，抚摸它们，在心里说着温存的问候语……我回头对身边的一位活动组织者感叹："只有这几棵丁香树是老东西了。"她笑笑说："规划这楼房的时候，本应砍掉这几棵丁香树。但是，关键时刻，有个人站出来替它们说了几句话，他说：这几棵丁香树都七十多岁了，比咱们都生得早，按理说，咱们应该尊它们一声'树先生'才对，欺负老先生，不合适吧……就这样，楼房往后跳了两米，丁香树留下来了。"后来我知道，为树请命的人就在活动现场，登时对他生出敬意。

——敬重树的人，让我敬重。

在绥中，遇到一位爱树的校长。那校长讲了一个关于树的故事——有一年秋天，他瞄上了一棵高大的银杏树，恰好他的新学校刚刚落成，若是能移来这棵树，那可就太添彩儿了。他便竭力跟能做主的人套近乎，那人终于开口讲了一个价。"其实就是半卖半送。"校长说。到了来年春上，他备足银两，预备去买那棵银杏了。但是，负责移栽的专家去了现场，感叹道：这么美的树形，砍掉枝干真可惜；就算砍掉大部分枝干，成活的可能性也只有70%。校长一听，毅然决定放弃买树。他对我说："每年秋天银杏叶子黄透的时候，我都要去看看那棵树，很庆幸自己当年没做傻事。"这位校长曾来过我们学校，当听我说学校面临搬迁时，他首先操心的竟是校园里的那五棵雪松。"你们一定要请最好的林业专家帮你们移栽。记着，挖树前要在向阳的那面做个标记，栽树的时候，阳面必须还要朝阳。"

在南宁的钻石海岸酒店前，有一棵巨大的榕树。直直的马路，为了避让它，竟谦卑地拐了一个弯。清晨起来围着它散步，惊讶地发现树下有红绸、有香灰！我想，来烧香的人，一定痴信树里住着一个神，他们向着那树顶礼膜拜，对它的神力深信不疑。

在贵州梵净山乘坐缆车时，我身边坐了一位同行的植物学家。他无视身边几个女孩夸张的尖叫和搔首弄姿拍照，两眼直视窗外，一一呼唤沿途树木的名字，语调亲切，如唤亲人。我知道，一到梵净山，他就开始不懈地寻找一种叫做"柔毛油杉"的珍稀树种。因为他左一句"柔毛油杉"、右一句"柔毛油杉"，搞得大家都会讲这个拗口的树名了，末了，索性就将"柔毛油杉"当了他的绰号。

听一位老师讲牛汉的诗《悼念一棵枫树》，那是那位老师自选的一篇课文。我猜，他定然是爱诗的。当讲到"哦，远方来的老鹰，还朝着枫树这里飞翔呢"时，他突然嗓音发颤，不能自已……我连忙埋下头，不敢看他。听完了课，我明白了，他对树的爱，远远超过了他对诗的爱。

无论是先于我生的树还是后于我生的树，都请允许我尊你一声"树先生"吧。——树先生，你的内心，也有隐秘的欢乐和忧愁吗？你也渴盼着知音的出现吗？当我有幸邂逅了你，你能读懂我对你心怀的深度好感吗？日月经天，江河纬地，你静默地站在一个属于自己的位置上，用枝叶对话阳光，用根须对话泥土。你活成了圣哲，活成了神祇。你给予我生命的柔情抚慰，胜过了一打心理医生。遇见你，爱慕你，礼赞你，祝福你，除了这些，我不知自己还能做些什么……

生命如屋

生命总在不觉间流逝。日子被日渐麻木的人过得旧了、更旧了。

生命中的每一天究竟该怎样度过？听到过两种截然相反的说法。一种说法认为：将生命中的每一天当作生命的第一天去过，带着最初看到这世界的新鲜与惊喜，让充满好奇的眼在寻常的天地间读出大美，让心在与万物的美好交流中感到无比的欣幸与满足；另一种说法却是：将生命中的每一天当作生命的最后一天去过，带着即将辞世的留恋与珍惜，及时兑现梦想，及时将生命中的"不如意"改写成"大如意"，宽宥他人，感谢命运，在夕照里掬一捧纯粹的金色，镀亮心情。

我同样地喜爱着这两种说法。我愿意让自己热爱世界的心永远葆有"第一天"的新奇和敏感，也愿意让自己珍惜世界的心永远怀有"最后一天"的警醒和勇毅。

很久了，我一直不能忘怀那个叫乔治的人。这个不幸的建筑师被命运亏待、作弄——妻子离他而去，儿子被判给妻子后，沉溺于毒品不能自拔，并且和乔治关系疏远。乔治对自己做了二十年的工作也极不满意，终于在气急之下和上司大吵一架，愤然辞职，冲出了办公室。这个乔治已经够倒霉了，但是，更倒霉的事情又出现了——他被告知得了癌症，仅剩下几个月的生命了。

潦倒的乔治，就像父亲留给他的那幢建在海边的破旧不堪、摇摇欲坠的旧房子。濒临倒塌的房屋，濒临死亡的生命，乔治的世界凄惨到了极点。但是，命运一次次的棒喝却将他打醒了，他下决心改变自己似乎再也难以改变的生活。

倒计时的生命之钟在耳畔滴答作响。

乔治要在这人生的最后几个月里重活一回。

他决定将海边那幢破旧的房子按照自己多年来梦想的样子重新修葺。似乎直到这时，徒然浪费了几十载宝贵生命的乔治才恍然明了，自己这个建筑师原是可以为自己建造一幢美丽房舍的！而他的愿望，还远不止这些。他隐瞒了自己的病情，邀请儿子暑假来海边和自己一道修建房屋，而终日无所事事的妻子开始主动给这父子俩送饭，慢慢地，竟也加入了他们的行列。

海风吹拂，阳光强烈。父子俩在劳动中重建亲情，夫妻俩也在劳动中重温鸳梦。儿子摆脱了毒品的困扰，并得到了甜蜜的爱情。妻子对乔治有了全新的认识。房子建起来的时候，爱也成长起来……

这是美国电影《生命如屋》中的情节。这部影片，以“屋的重建”与“爱的重建”，给人以生命“第一天”和“最后一天”的强烈震撼和深刻启迪。不幸而又万幸的乔治，将人生之悟砌进了墙里。我相信，即使他命赴九泉，也会含笑忆及自己生命尾声中重获的那一次“浓缩版”的、有价值的生命——爱的体验，情的升华，咀嚼人生况味的晨昏，房屋矗立起来时强烈的成就感……

生命总在不觉间流逝。日子被日渐麻木的人过得旧了、更旧了。“第一天”和“最后一天”的提醒，其实是善爱者为自己和他人出的一道人生思考题。在这道思考题面前，愿倦怠麻痹或紧张忙碌的你能有片刻沉吟。问问自己，在激情燃烧过后，是否曾守着灰烬恹恹度日？在人生谢幕之前，是否曾锁着眉头打发时光？在“第一天”和“最后一天”之间，岁月那么漫长，漫长得让人误以为凋零只是远方别人的事。你愿不愿意随乔治一同醒来？像诗人一样活着，像农夫一样劳作，赞美阳光，享受生命……

——生命如屋，值得我们带上所有的热情与智慧去悉心建造。

心灵洞箫

　　头顶一方青天，脚踏一片大地，我在天地之间从容行走。

　　据说，上帝要教训一个浮躁的人，于是就让那人牵着一只蜗牛去散步。蜗牛行走得太慢了，那人急得连喊带叫，但是，蜗牛依然故我，背着它的小房子一点一点往前挪。那人眼望苍天，问上帝为什么用这样的法子来惩罚自己。上帝没有回答。那人于是放弃了蜗牛，听任它自己爬走。可是等等，看那蜗牛前去的地方，似乎是很不寻常的所在呢！那个人跟在蜗牛后面，顺着那敏感触角所指的方向看去，哇，竟是一片绮丽的花海！直到这时，那人才恍然明白，原来，煞费苦心的上帝是让蜗牛带他去散步啊！

　　鸟在天上散步，鱼在水里散步，风在梢头散步，人呢，在天地之间散步。我必须承认，自己先前并不会散步。一上路，就要大步流星地往前赶。"你头顶的云彩有阵雨？"最要好的女友曾这样问我。我不清楚她是在用这样的话嘲笑我走得太快，却傻傻地反问她：你怎么知道？

后来，也许是被一只无形的蜗牛教化过了吧，我学会了散步。头顶一方青天，脚踏一片大地，我在天地之间从容行走。

这才明白，有许多景致是要慢下来方可嵌入心怀的。距离近了，端详得久了，大自然就有了丰富的表情。蕊在花中是羞涩的，叶在枝头是狂野的，草丛中的虫鸣因隐秘而放纵，大树上的蝉声随着你足音的强弱及时调整着声调的高低。

在天地之间散步，其实是在天地之间散心。把心里的爱一路倾洒，让枝枝蔓蔓花花草草都沾一点爱液；也听清大自然的耳语，让她对孩子的纵宠不要白费不要落空。

生活永远做不成蜗牛，不会慢悠悠地带着我们行走。生活更像一条鞭子，奋力抽打着我们这些陀螺。我们用旋转释放生命，也用旋转打发生命。在这样的辛苦旋转中，别忘了创造一只蜗牛，让它偶尔带着你去散一回步。请你模仿着它的步态与它的心态，在天地之间从容行走，走进一片不该错过的绮丽花海……

灯　语

　　每一个率先付出恶意的人，将会收获成百上千倍的恶意；同样，每一个率先付出善意的人，也可收获成百上千倍的善意。

　　坐表弟的车赶夜路。

　　那是一段路况很差的国道，对面的车开过来，一律打着远光灯，晃得人两眼生疼。我刚要感叹那些司机素质差，不想，对面的三辆车竟不约而同地开始用大灯闪我们！我说："他们究竟想要干吗！疯了吧？"表弟诡谲地一笑说："他们没疯，是咱们疯了！哈哈！是我先用远光灯闪的他们。小样的！不知道我刚换的氙气灯，贼亮贼亮的！不给我打近光灯——好！我先闪瞎你！"我这才注意到，原来表弟一直打着"贼亮"的远光灯，且恶意地忽闪着，没有一点礼让的意思。我说："这么坑坑洼洼的破路，你可别跟人斗气！你先打打近光灯，他们或许也就不好意思打远光灯了。"表弟嘴上不服软，却远远地向对面一辆小

230

车打起了近光灯，对面小车读到这友善的"灯语"之后，慌忙用柔和的近光灯替代了刺眼的远光灯。

初"善"告捷，表弟嘴上还是不肯软下来，他用洞悉一切的口吻说道："小车司机一般素质还可以，大车就不行了，就算你闭了灯，他都不肯给你一秒钟近光！"话音刚落，对面还就真驶来一辆大车，表弟先给了近光，对方视而不见，继续远光；表弟轻轻闪了两下近光，对方依然故我！会车的瞬间，愤怒的表弟毅然打出了报复的远光灯。对方似乎愣了一下，居然按了两声喇叭！我笑了，说："你看，没准人家的近光灯坏了，要不就是不会用；人家朝你鸣两声喇叭，就是致歉的意思了。"再来大车的时候，我提醒表弟一定打近光灯。这下，他惊喜地收获了一道又一道的近光灯。

当我把这个故事讲给一个每天开车上下班的同事听的时候，她惊讶地瞪大了眼睛，"车灯还分远光、近光？我根本就不知道！"

不懂规则与无视规则的人加起来，造就了马路的各种混乱。有人说，在这个世界上，与其说汽车的发明是一个奇迹，不如说交通规则的出台是一个奇迹。打烂规则可以"传染"，遵守规则也可以"传染"。每一个率先付出恶意的人，将会收获成百上千倍的恶意；同样，每一个率先付出善意的人，也可收获成百上千倍的善意。

洒扫心灵

　　将不值得铭记的事情统统交给沙滩吧。涨潮的时候，海水会卷走那些不快，伴随着新一轮朝日诞生的，是你无忧的笑脸无瑕的心。

用心和眼睛一起看

　　有一个盲人，视黑人如寇仇，当他到商店买东西的时候，如果营业员是黑人，他就执意将钱币放在柜台上，再让营业员从柜台上把钱拿走，他绝不让自己接触黑人那"肮脏"的手！后来，他失明了，在一家盲人休养院，他得到一个护理员的悉心照料，日子久了，他们成了无话不谈的知心朋友。一天，他拉着护理员的手，向他倾倒自己的一腔苦水：我可以学着用手去触摸一些东西，但是，我该怎样去区分白人和黑人呢？护理员平静地告诉他说，自己就是一个黑人，他听后半晌无语，却把那双手攥得更紧了。后来。他和一个黑人女子结了婚。他说：我失去了视力，也失去了偏见。这是多么幸福的事！

有一篇小说，以庞贝城的覆灭为背景，写一个盲女倪娣雅的故事，倪娣雅虽身有残疾，却不自怨自艾，她快乐地生活，真诚地待人。维苏威火山爆发时，庞贝城笼罩在烟尘下，昏暗如无星的午夜，惊慌失措的居民冲来撞去，摸不到出路。但是倪娣雅却靠着她超凡的敏锐的触觉与听觉，不但找到了出路，还把她最爱的人也搭救了出来。残疾成了她宝贵的财富。不幸在紧要关头帮她铸成了大幸。

不要将太多的权力都交付给我们的眼睛，当它倦怠的时候，当它偏执的时候，当它惊慌的时候，它往往提供给我们一些错误的信息，它牵着我们走在一种令我们脆弱的心无法排斥的非清醒感觉里，在它的主宰下，我们忽略了一路花香，淡忘了深情表达。甚至将殷勤铺到脚下的生命通道阐释成绝路一条！

在张开眼之睫的时候，请别忘了张开心之睫，时时认真拂拭我们心灵的"明净台"，让它在尘埃之外永远葆有一份明鉴万物的清明。

有一句最著名的话说，有许多很重要的东西，往往需要用心和眼睛一同去看。

美德犹如耳鸣

在讲人类登月计划的时候，我先让同学们试着说一说哪艘飞船以及宇航员的名字。

"阿波罗！"

"阿姆斯特朗！"

他们这样回答，很快，思维敏捷的同学又在抢着说："我个人迈出了一小步，人类却迈出了一大步！"

当然，我们讲的都不错，1969 年 7 月 16 日，"阿波罗 11号"飞船经过长途跋涉，进入月球轨道。人类首次登月行动开始了，飞船在月面降临，阿姆斯特朗首先走下 5 米高的 9 级扶梯台阶，当他的双脚小心翼翼地站在陌生的月球上时，他不禁感慨万千，说出了那句瞬间传遍全世界的话语。

其实，当年阿姆斯特朗身后还有一个人，他的名字叫奥尔德林。

在庆祝登月成功的记者招待会上，有一个记者突然抛给奥尔德林一个很尖锐的问题："由阿姆斯特朗先下去，成为登陆月球的第一个人，作为同行者，你是不是觉得有点遗憾？"全场默然，所有的人都在心中悄悄给这个问题作出了不便大声宣布的答案，在众人有点尴尬的注目下，奥尔德林很有风度地回答："各位，千万别忘了，回到地球时，我可是最先出太空舱的……所以我是由别的星球来到地球的第一人。"

几十年过去了，太多的人已经不再记得奥尔德林，不再记得他大度而不失幽默的回答。但是我敢说，几百年之后，就算人类已经到月球繁衍生息，我们还依然会需要奥尔德林那样的美德——玉成他人，真诚分享朋友的快乐，不让尘屑般的忧烦懊恼侵扰洁净如莲的心怀，如果别人得到了一团叫做"不遗憾"的火，就请您微笑着将自己手中那一块叫做"遗憾"的冰凑过去，冰融的时候你的心注定会转暖。哲人说：美德犹如耳鸣。真的，有一种声响，自己听到就足够了。

把不快记在沙滩上

在这个世界上，究竟有多少事情是值得告诉石头的呢？

石头当然是好记性，告诉它的话，多少年多少代地记着。记得清清楚楚。

有位智者，和一个朋友结伴外出旅行，在行经一个山谷时，智者一不留神滑跌了。他的朋友拼尽了全身的力量拉他。不让他葬身谷底，智者得救后。执意要在石头上镌刻下这件事情，他的朋友问：伙计，你认为真的有这个必要吗？智者说：当然。于是，他在石头上刻下这样的字样：某年某月某日，在经过某某山谷时，朋友某某救我一命。他们继续自己的旅程，有一天，在海边，两个人因为一点小事争吵起来。朋友一怒之下，给了智者一个耳光。智者捂着发烧的脸颊，说：哼，我一定要记下这件事！他的朋友说：随你记，我才不怕！智者于是找来一根棍子，在退潮后的沙滩上，写下了这样的字样：某年某月某日，在某某海滩，朋友某某打了我一耳光。朋友看过之后不解地问他：你为什么不刻到石头上呢？智者笑了，说：我告诉石头的，都是我唯恐忘了的事，我要让石头替我记住；而我告诉沙滩的，都是我唯恐记住的事，我要让沙滩替我忘了——就这样！

告诉石头的话，要斟酌，可以将欢悦告诉它，可以将感激告诉它，让它为你看护着一份美好，不让它流失分毫。然而，请不要愚蠢地把怨恨、懊恼、忧伤、烦闷一股脑地告诉石头，石头握住你的情绪就不会轻易撒手。当你试图摆脱种种不快的时候，它会殷勤地带着你重温昨日的阴沉愁苦。它揪牢你，不让你做快乐的自己。

学着那个智者的样子，将不值得铭记的事情统统交给沙滩吧。涨潮的时候，海水会卷走那些不快，伴随着新一轮朝日诞生的，是你无忧的笑脸无瑕的心。

第八辑
创造月亮

给月亮一个升起的理由，给自己一个快乐的机缘，让我们揣着月朗月润的心情，走在生命绝佳的风景里。

亲　爱

　　被思念冰得痛了，就看一眼天上的月亮，揣想着那伊人也在此刻举头望月，两地的目光，便在月亮上幸福地交融。

　　在上海地铁一个入口处，看到一则公益广告。画面极其简洁，满纸就是一个"親"字；左边那个"亲"是血红色的，热烈，抢眼；右边那个"見"却是渐变的淡灰色，墨色由上而下渐次变浅，到底部时，几乎浅到没有。匆遽的脚步不由得放慢了。心，被眼前这个诉说着渴望又诉说着无奈的繁体字弄得又酸又暖。我相信我读懂了这则公益广告，它在提醒匆匆路人，不要让那个"見"字慢慢剥蚀了颜色；真正的"亲"，一定要看重"见面"。"百回信到家，未当身一归。"贾岛一千多年前的劝诫，似乎特别适合用来赠予今天众多的"电话依赖症"患者。

　　我们学校每年招收台湾"新华爱心教育基金会"资助的"珍珠生"。每个"珍珠生"都会得到一件由基金会赠送的夹克衫，夹克衫前后都印有基金会的LOGO——一个心儿超过了身体宽度的"爱心人"。"爱心人"的"心"中装着一个"爱"字。在那个"爱"字中，有一个不能省略的"心"。每当我到"家庭特困、成绩特优"的"珍珠生"家中去家访，我都要忍不住提醒自己：我带来的，可是一个不能简写的"爱"？

——"亲"要见面。

——"爱"要用心。

半个多世纪前，我们为了书写的方便，把"親愛"简写成了"亲爱"。我们毫不惋惜地把"见"与"心"一并交付给了过往的风。我们来不及想，仓颉造字时，在"親愛"上倾注了怎样的深情；我们来不及想，在"親愛"中，隐藏着一句多么深挚的劝勉！

长亭，短亭。短亭，长亭。想我们那被山水阻隔的先祖，为了用行动书写好那个"親"字，"行行重行行"，在长亭、短亭的凄冷中，苦寻生命的暖意。被思念冰得痛了，就看一眼天上的月亮，揣想着那伊人也在此刻举头望月，两地的目光，便在月亮上幸福地交融。——"无见难为親。"他们心空回响的，可是这个近乎执拗的语句？

爱山，爱水。爱花，爱树。爱虫，爱鸟。我们的古人是多么善爱啊！早年无知，曾跟一位画家抱怨："古人作画的题材太雷同了，除了山水就是花鸟，还会画点别的？"他一笑，"山水花鸟里有爱、有志、有哲学。"当我能够从水墨丹青中读到

"爱、志、哲学"，我着实为当年的自己脸红。——用敷衍潦草的"爱"去解读古人深微蕴藉的"愛"，注定徒留笑柄。我曾看到一个学生的一幅书法作品，写的是张养浩的一个名句："我爱山无价。"居然是用简体字写的。我想，如果张养浩见了，一定免不了要摇头叹息的吧？"心"被剜走，"爱"就残了。

"亲"。这个称呼是被在互联网上兜售商品的人叫红的。这样的"亲"，不必见也不能见。你从手机短信或邮件里收到的那个"亲"，未必有多亲，它约略等于一个"哎"。

你一定见过电视上的"速成爱情"。待售商品般被展览着的，是供人挑选的"爱人"。一眨眼的工夫，一对人儿就给撮合到了一起。那"月上柳梢头，人约黄昏后"的爱情，在这些迷恋强光灯下择偶的"潮人"面前显得太 OUT 了！——这样的"爱"，无"心"也罢。

——"親愛"。你还会写这两个繁体字吗？你能接到它们身上那传递了数千载都难以被时光阻断的信息吗？让你的灵魂安静下来，让你的心眸慢慢张开，检索一下自己的"親"，盘点一下自己的"愛"。就算你多么熟稔地书写着"亲爱"，也一定要在心之一隅珍存着"親愛"。

快乐开花

快乐真的是一种能力。

不知为什么，我越来越看重"快乐"这个词了。记得小儿刚接触这个词时，曾扳过我的脸问我：妈妈，你快乐吗？我说：我快乐。他居然认真地说：那你怎么不乐？你快点儿乐呀！——呵呵，他把"快乐"理解成了"快点儿乐"。后来，这句话成了我们家的常用语。小儿也在我们一遍遍地重复着他发明的"快点儿乐"中渐渐长大。当他懂得想心事的时候，自然学会了皱眉。一看见他皱眉，我就跟他说：嘿，儿子，你快点儿乐呀！

——快点儿乐，真是一句妙语呢。

当不如意袭来，我们不啻挨了一闷棍。不懂得解脱的心，往往不自觉地一遍遍咀嚼回味那不如意，而每咀嚼回味一次，我们的心就挨一次闷棍。现实的闷棍早不再击打我们了，我们自造的闷棍却还在不依不饶地追打着自己，不将自己打得遍体鳞伤就舍不得罢手。

相比之下，快乐的人活得多么赚！快乐还没有到来，他已经开始预习那快乐了；快乐来了，他悉心地领受，不忽略掉一丝快乐的尘屑；快乐走远了，他还可以复习那快乐，让好心情照耀自己久一些、更久一些。

快乐真的是一种能力。

降低自己人生"快乐"的门槛，给"快乐"一个低廉的定价，是大智慧的表现。

有位作家，九十岁高龄了，还具备超卓的领受快乐、传布快乐的能力。他喜欢砚台，当他得到一块心爱的砚台，他会长久地抚摩它，神情快乐得仿佛进入了天堂。当朋友来探望他，他会慷慨地将爱物示人，拿起人家的手，放到那砚台上，和人家一道抚摩。——你好好摸摸，手感多么滋润啊！他这样说。于是，那和他一道抚摩的人便无比幸福地和他一起充当了快乐的俘虏。

——这个人，就是世纪文化老人张中行先生。

我想，如果让"痛苦"和"快乐"赛跑，痛苦一定不是快乐的对手。痛苦跑得太慢了，你越是厌见它、厌烦它、厌恨它，它越是在那里慢悠悠地磨蹭；而快乐跑得太快了，你一不留神儿，就不见了它的踪影。

不妨问问自己：我快乐的"燃点"究竟有多高呢？我快乐的蓓蕾在得到几多阳光与水时才会开花呢？当生活辜负了我，

我有没有能力用一个快乐的念头来自我拯救，在最短时间内调整好自己，再次带着微笑上路呢？我愿不愿意拿起朋友的手，永葆和他（她）一道触摸快乐的热情与赤诚呢？让自己的心卸掉尘世的重负，走在盛开着感动和感恩花朵的原野上，你就一定能找到这些问题的最佳答案。

　　——记着，快乐脚力非凡，你若不想被他甩掉，就快点儿乐！

在微饥中惜福

对寻常的一蔬一饭都怀有神圣感的人，一定不会漠视造物的种种赐予吧。

突然问了自己一个问题：我有多久没有饥饿感了？

我回答不上来，大概有好久好久了吧。总是饱饱的，来不及等到饥饿感光顾，就又开始吃东西了。我是一个热爱食物的人，尤其热爱谷物。看到减肥的朋友米面丝毫不敢沾，内心充满了对这些"饥民"的同情。

听母亲说，我的祖父在年轻的时候外出讨饭，饿死在了路上。我常常抑制不住地揣想那悲惨情形，恨不得穿越时光跑到我年轻的祖父身边，递给他一个神圣的馒头。我的母亲也曾饱受饥饿之苦，她说："有一回，我跟你二舅饿得要晕过去了，就一人喝了一碗凉水吃了两瓣蒜。"

我的母亲捍卫起过期食品来十分卖力。我要扔掉一袋过期的饼干，她连忙夺过去，打开袋子，三块三块地吃，边吃边说好吃。我再执意要扔掉某种过期到不像话的食品，她就急了，说："我也过期了！你把我也扔了算了！"

挨过饿的人，对食物怀有一种近乎畸态的珍爱。

电视上一个老红军回忆说，爬雪山、过草地的时候，他们吃皮带充饥。妹妹的孩子好奇地问："皮带怎么可以吃呢？"妹妹说："因为是牛皮的吧。"妹妹的孩子继续追问："那他们为什么不吃牛肉呢？"——这个孩子一向视食物如寇仇，以她现有的理解力，断不会明白人何以可以饿到吃皮带的程度的。

目下，"仇饭"的孩子可真多啊。蒋雯丽在一个广告中对她的"女儿"发飙，因为女孩把盛了白米饭的碗狠狠地推到了一边。还有一档电视节目，索性就叫"饭没了秀"，用这样一个名字鼓励想上电视或想看电视的小朋友好好吃饭。有个老教师跟我诉苦："早些年，我跟学生们说，今天你不努力学习，明天你就没有饭吃，他们就乖乖低头念书了；现在，我再这么说，他们居然鼓掌欢呼说，没饭吃才好呢，谁愿意去吃饭！"

在这些"仇饭"孩子的对面，站着一些同样令人担忧的孩子，我管他们叫"饕餮一族"。我有个朋友的孩子，酷爱肯德基的炸鸡腿，一顿可以消灭六个。他的父母向我们描述起可爱的宝贝连吃六个炸鸡腿时的情形，仿佛在夸耀一个战功赫赫的将军，崇敬之情，溢于言表。可怜这个小胖墩，刚刚过了十三岁生日，却已是个资深脂肪肝患者了。

仇饭与饕餮，都是对饭的不敬。

有一次，我和一位姓刘的女士对坐用餐。我们吃的是份饭。面对一个馒头和一荤一素两个简单的菜，刘女士双手合十，闭目默祷。我拿起的筷子倏然停在了空中……她吃得那么香甜，我甚至怀疑是她的祷告词为那寡淡的菜蔬添加了别样的滋味。据说僧人用斋时要"心存五观"："计功多少，量彼来处；忖己德行，全缺应供；防心离过，贪等为宗；正事良药，为疗形枯；为成道业，方受此食。"用斋亦如用功，不可出声，不可恣动。

我常想，对寻常的一蔬一饭都怀有神圣感的人，一定不会漠视造物的种种赐予吧。

听一个医生说，适度的饥饿感是有益健康的。他说，人在不饥饿的时候，巨噬细胞也不饥饿，它便不肯履行自己的职责；只有人有饥饿感的时候，巨噬细胞才活跃起来，吞噬死亡细胞，扮演起人体清道夫的角色。他甚至说："饥饿不是药，比药还重要。"被饥饿感长久疏离的我，多么想要这样一种感觉——饥肠辘辘之时，捧起一个刚出屉的馒头，吃出浓浓麦香。

尼采说："幸福就是适度贫困。"一部分先富起来的国人听到这话肯定很不爽吧？他们可能会骂尼采在胡说，骂他吃不到葡萄说葡萄酸。——我们好不容易富起来了，你却跟我们扯什么"适度贫困"，去你的吧！

食物富足了之后让人适度饥饿，跟钞票宽裕了之后让人适度贫困一样惹人不快。曾几何时，贫困和饥饿恣意蹂躏无辜的生命；今天，走向小康的我们还不该报复性地挥霍一番么？就这样，浅薄的炫富断送了必要的理性，餐桌上的神圣感迟迟不肯降临……

我多么喜欢为母亲炒几个可口的小菜，再陪她慢慢吃。那么享受，那么陶醉。我知道我总是试图替岁月偿还它亏欠母亲的那一餐餐的饭。菜炒咸了，母亲说正好；菜炒糊了，母亲说不碍。我带着母亲下馆子，吃完了饭打包，她跟服务员说："除了盘子不要，其余都要。"

在物质极大丰富的今天，为了铭记伤痛，为了留住健康，为了感谢天恩，我们太应该唤醒自己对一蔬一饭的神圣感，在珍爱中祝祷，在微饥中惜福，在宴飨中感恩——不是么？

羞　涩

给不自信的美丽保留一个舞台，让她在顾盼中颖悟，让她在颖悟中完善——好么？

羞涩是一种不自信的美丽。

朱佩弦笔下最动人的荷永远"打着羞涩的朵儿"；有一首动听的歌中也唱道"羞答答的玫瑰静悄悄地开……"荷与玫瑰美得令人生妒，却也如此不肯张扬，只在自己的那片天地里谨慎地守护着一份不容置疑的俏丽。

羞涩的红晕漫到一个女子的脸上，这女子的心中定然有了纯洁的秘密。

把爱当作游戏的人不会羞涩。把爱当作商品的人不配羞涩。

羞涩的表情最不好演，它比笑和哭都难——笑，说到底还不就是面部肌肉柔软操么？哭，说到底还不就是哄着眸子洗个澡么？羞涩却是一种打从心底升上来的苦味的芬芳，自有一种勾魂摄魄的力量。它打动了你却不让你垂怜，一点点的暗示，一丝丝的惆怅，欲说还休……

记得那一回我带着学生们排演曹禺先生的四幕话剧《雷雨》，饰演四凤的是一个极天真极可爱的女孩，直把"周萍"和"周冲"的积极性调动得老高老高。可是，那女孩看了一遍剧本就开始打退堂鼓了。她说："四凤的台词我倒不怵，就怵这'脸红'……我实在红不来！"这女孩说得倒爽快，她是怕蹩脚的表演糟践了一个好角色。

的确，矫情的羞涩最令人作呕。每当我看到屏幕上那些末流演员奋力作惨不忍睹的娇羞状，我就忍不住暗骂导演：好一个杀人不见血的刽子手！

你见过那种最叫人动魄惊心的羞涩么？那不是一个少女被人窥破心迹的羞涩，也不是一对深深相爱的人儿初吻的羞涩，那是一个刚刚做了母亲的女人把乳房奉献给一个新生命的伟大的羞涩！

在妇产科，我带着一份精心挑选的礼物来探望自己的知心女友，她当时正在笨拙地为她的婴孩哺乳，见我进来，她的脸一下子绯红了；但她却并没有慌乱，她说："快来帮我把孩子侧侧身，他吃不住呢。"——这就是我那个喜欢读诗喜欢穿时装的浪漫女友么？面对我的注视，她为自己的爱而羞涩，但爱却让她战胜了羞涩。

羞涩是从纯洁的心田里自然绽开的花朵，它把对自身美质不期然的感悟刹那间映现在脸上。

　　我想，在这个纷繁的世界上，如果美与爱全都鼓起一股咄咄逼人的自信，我真怕她毕露的锋芒会刺痛善良人的眼睛。刻意张扬的美丽说穿了不过是半个美丽。倨傲的美目在追着别人喝彩的同时必然也流失了一份可贵的温婉。因而，请让我说，给不自信的美丽保留一个舞台，让她在顾盼中颖悟，让她在颖悟中完善——好么？

创造月亮

　　给月亮一个升起的理由，给自己一个快乐的机缘，让我们揣着月朗月润的心情，走在生命绝佳的风景里。

　　唐传奇中，有这么三个小故事，叫做《纸月》《取月》和《留月》。"纸月"的故事是讲有一个人，能够剪个纸的月亮照明；"取月"是说一个人，能够把月亮拿下来放在自己的怀里，没有月亮的时候照照；至于"留月"是说第三个人，他把月亮放在自己的篮子里边，黑天的时候拿出来照照。

　　我被这样的故事折服了。

　　自然惊叹古人想得奇、想得妙，将一个围绕地球运行的冷冰冰的卫星想成了自我的襟袖之物；更加慨叹那不知名的作者"创造月亮"的非凡立意。由不得想，能够如此想象的心，定然无比的澄澈清明。那神异的心壤，承接了一寸月辉，即可生出一万个月亮。

252

叩问自己的心，你是不是经常犯"月亮缺乏症"。隐晦的日子，天上的月亮隐匿了，心中的月亮也跟着消亡。没有月亮的日子，光阴在身上过，竟有了鞭笞的痛感。"不只是我在过日子，也是日子在过我。"我沮丧地对朋友说。回忆着自己走在银辉中的模样，是那样的神清气爽，是那样的诗意盎然，是那样的海阔天空……但今天的手却是绝难伸进昨天——我够不着过去沐着月亮清新的自己。行走在没有月亮的灰暗的日子里，我发现世界陡然缩小，小到只剩下我和我的烦恼。

我常常想，苦的东西每每被我们的口拒绝，苦口的药，也聪明地穿起讨好人的糖衣服。苦，攻不破我们的嘴，便来攻我们的心了。而我们的心，是那样容易失守。疾患之苦、耕耘之苦、挫败之苦、误解之苦……苦，在我们的心里奔突，如鱼得水。尤其夜晚来临，只有枕头知道怀揣了诸多苦情的人是怎么地辗转难眠。白天被忽略的痛，此刻被无限地放大，心淹在苦海里，无可逃匿。这时候，月亮在哪里？心里有没有月亮？心空呢？

想没有想过，剪个纸的月亮给自己照明？

创造一个月亮，其实是在创造一种心情。痛苦来袭，我们习惯慨叹，习惯呼救。我们不知道，其实自我的救助往往来得更为便捷、更为有效。地震之时，有个女孩掩埋在废墟下达八天之久，在那难熬的日日夜夜里，她不停地唱着一首一首的歌，开始是高声唱，后来是低声唱，最后在心里唱。她终于幸存下来。她不就是那个剪个纸月亮给自己照明的人吗？劝慰着自己，向自己借光，偎在自己的怀里取暖。这样的人，上帝也会殷情地赶来成全。

人的生命历程，说到底是心理历程。善于生活的人，定然有能力扫除心中的阴霾。给月亮一个升起的理由，给自己一个快乐的机缘，让我们揣着月朗月润的心情，走在生命绝佳的风景里。

藏在木桩中的椅子

在尘世间，"创造"这东西永远是最迷人的。

那天，我正看一个挑战类的电视节目。当一个叫卡尔布的德国人登场的时候，我丢掉了手里的家务。

那是个大块头的家伙，拎着一把红色的电锯，慢吞吞地出场了。他要表演的是，用不超过 150 秒钟的时间，将一截木桩制作成一个可以承受他自身重量的小椅子。

木桩是普通的木桩，跟扔在我家后院的一截木桩没啥两样。

我看见卡尔布将木桩竖了起来，然后朝主持人晃了一下电锯，示意准备好了。于是，计时开始。

卡尔布娴熟地使用着电锯。笨重的身体一点也不妨碍他灵活的手。电锯与木桩亲密接触，嗡嗡的响声中，被淘汰的边角料一块块应声坠地。一时间，我根本看不出卡尔布究竟是在做椅子的哪一部分，只看到屏幕左下角的电子计时器在不停地跳字。两个主持人忘记了解说，只管前倾了身子、张大了嘴巴，呆呆地看看卡尔布的精彩表演。到了后来，连边角料都看不到掉下来了。卡尔布的电锯用他自己才能听懂的语言说着轻重深浅。在我眼中，卡尔布不像是在做木匠活，倒像是在进行一场"行为艺术秀"。

观众一片欢呼！卡尔布从木桩的顶端拿出了一个精致的小椅子——用时仅仅95秒钟！

卡尔布得意地将那个靠背上带有镂空花饰的小椅子放在地上，然后，单脚悬空站了上去。演播大厅又是一片欢呼。

我多么喜欢那个瞬间诞生的迷你椅子啊！我设想着如果把它稍稍打磨一下，刷上清漆，上面再安放一个花儿一样的孩童，那将是一件多么美妙的事情！

不由想到我国宋代那个画竹高手文与可，他画竹的秘诀是，先让竹子在胸中长出个样儿来。再按那胸中的样儿将竹子搬到纸上。我想，对卡尔布而言，又何尝不是先在胸中制成了一把现成的椅子呢？那个小椅子原本就是藏在木桩里了，卡尔布只是花费了95秒钟的时间，将它从木桩中"找"了出来。

在尘世间，"创造"这东西永远是最迷人的。颖慧的心，灵巧的手，常能对凡庸的事物做出非凡的解读。没看卡尔布表演前，我只会将我家后院的木桩叫做木柱，它们呆头呆脑，只不过是木头一截、一截木头；看了卡尔布表演之后，我看那些木桩时的眼神倏地变了！我设想那庸常的木桩里面正藏着一批精

256

美的迷你椅子，只待一把富有灵性的电锯一声轻唤，它们即会列队翩然而出！

其实，又何止是木桩呢？被我们凡庸的眼与心怠慢了的事物尚有很多很多吧？山水里藏着画意，四季里藏着诗情，有谁，愿意带着激情将这旷古的画意与诗情从混沌的背景中解救出来。让它们以一种无比美好的姿态，恒久地存活于喧闹人间！

爱与宁静曾经来过

我愿从所有的过往岁月中，抽出一根灵透的金属之丝，以境界为砧，以胸襟为锤，淬以智慧之火，精心打造我生命的避雷针。

雨季来临前，我们照例去楼顶检查一下避雷针。

同行的有一位专业人员。他指着避雷针的针尖部分对我们说："你们看，这避雷针上有多么明显的引雷痕迹啊！这说明在去年的雨季它很尽职地工作，多次将本可能击中这栋高楼的雷电吸引到导体棒上，再经由导线导入大地，从而使这栋高楼免遭雷击。"听他这样一讲，我们不由肃然起敬，围着那枚不起眼的避雷针饶有兴味地观赏起来。

我看着那细细的针体，怎么也不敢相信它曾引走过那么多可怕的雷电。如果它有知，那么，它在履行自己职责的时候是惊惶的呢还是从容的呢？在闪电鞭笞天地、炸雷横扫乾坤的一刻，人与鸟与兽，能逃匿的都逃匿了，只有这小小的避雷针只身站在高处，招手吸引雷电，在遭到命定的电灼雷击之后，依然挺立着，安然迎接着属于自己的阳光。

我让视线移开了一些，一低头，居然发现避雷针旁水泥楼顶的缝隙里长着一棵不知名的小草，而那小草上，赫然开着一朵淡黄色的小花！我俯身仔细端详那小花，发现它是复瓣的，花蕊小得几乎看不见。与她对视的瞬间，我突然就微笑了。我想，这个画面可真富有禅意啊！它在这个初夏的黄昏撞上了我的心怀，要指望我用自己的智慧去解读它。

我得说，面对这个美好的画面我有些自愧。如果把我的肉身比喻成一座建筑，我又何尝不需要一枚神奇的避雷针呢？我的雨季均衡地分布在四季，电闪雷鸣是我人生气象的常态。似乎想都没有想过要避雷，"没有风雨躲得过，没有坎坷不必走"——那首歌不就是这么唱的吗？雷电袭来，就豁命地迎上去，痛了，伤了，哭了，忍了，从来没有想过要改变自己，或者说，一直以为用血肉去亲吻剑锋是一种逃不掉的宿命。每次检点伤痕，都生出怨艾与哀怜，怨艾命运，哀怜自我。肉身被摧毁了一万次，每次都是抓住一根稻草挣扎着侥幸逃生。

从今天开始，可不可以试着为自己安装一枚避雷针？不以硬碰硬、不闪避逃遁，雷电袭来，就巧妙地将它引入广袤的大地，只把闪电看成一次心动，只把雷鸣看成一句表白，巧妙地，将扫荡整个生命的惊悚与战栗置换成针尖那么一丁点的痛苦；最重要的是，在雷电呼啸着经过的地方，还要竭力雕琢出一朵惊世的小花，越是与苦难比邻，越有心思扮美素淡的光阴，借一朵随时可能凋零的微笑告诉世界，爱与宁静曾经来过。

我愿从所有的过往岁月中，抽出一根灵透的金属之丝，以境界为砧，以胸襟为锤，淬以智慧之火，精心打造我生命的避雷针；还要提了感恩的喷壶，每日浇灌那一颗遗落在水泥齿缝间的种子，直到看它开出惊世的花朵。

精神灿烂

一个精神灿烂的人，可以活成一座花园。

凡清代画家石涛看得上眼的书画，定然符合他给出的一个标准，那就是——"精神灿烂"。

自打这个词语植入我的心壤，我发现自己几乎是依赖上了这种表达。看到一株树生得蓬勃，便夸它"精神灿烂"；看到一枝花开得忘情，也赞它"精神灿烂"。在厨房的角落，惊喜发现一棵被遗忘的葱居然自顾自地挺出了一个娇嫩花苞，也慨然颂之"精神灿烂"。

在清末绣娘沈寿艺术馆，驻足沈寿精美绝伦的绣品前，我一下子就明白了，为何这个女子能让一代魁星巨贾张謇为她写出"因君强饭我加餐"的浓情诗句，她将灿烂之精神交付针线，那细密的针脚里，摇曳着她饱满多姿的生命。她锦绣的心思，炫动烂漫，无人能及。

学校的走廊里挂着一些老照片,尤喜其中一幅,青年学生在文艺会演中夺了奖,带着夸张的妆容,在镜头前由衷地、卖力地笑。我相信,每一个打从这幅照片前经过的人,不管揣了怎样沉沉的心事,都会被那笑的洪流不由分说地裹挟了,让自己的心儿也跟着泛起一朵欢悦的浪花。

美国著名插画家塔莎奶奶最欣赏萧伯纳一句话:"只有年少时拥有年轻,是件可怕的事。"为了让"年轻"永驻,她不惜花费三十年的光阴,在荒野上建成了鲜花盛开的美丽农庄。她守着如花的生命,怀着如花的心情,把每一个平凡的日子都过成美妙童话。满脸皱纹如菊、双手青筋如虬的她,扎着俏丽的小花巾,穿着素色布裙,赤着脚,修剪草坪,逗弄小狗,泛舟清溪,吟诗作画。她说,下过雪后,她喜欢去寻觅动物的足迹,她把鼹鼠的足迹比喻成"一串项链",她把小鸟的足迹比喻成"蕾丝花纹"。92岁依然美丽优雅的女人,告诉世界,精神灿烂,可以击溃衰老。

在石涛看来,"精神灿烂"的对面,颓然站立着的是"浅薄无神"。我多么怕,怕太多的人被它巨大的阴影罩住。我们的灵魂情态,我们的生命状态,一旦陷入"浅薄无神"的泥淖,它所娩出的产品(无论是精神的还是物质的)定然是劣质的、速朽的,甚至是富含毒素的……

相信吧!一个精神灿烂的人,可以活成一座花园;一个精神灿烂的群体,可以活成一种奇传。

另一面

世界，不也是这样一个画框吗？它吝啬地赐予我们一些美好，让我们神魂颠倒地追索着、挚爱着、感念着。

朋友发来一张图片，煞是有趣，遂收藏了，闲时独自玩索。

画面很简洁，一个画框，一个老者。暗自猜想当时的情境：或许是，一个热闹的画展，却撇给这个角落一片难得的清幽。皓首老者，扶杖而行，行至这幅画前，再也难挪脚步。画中女子，只给我们一个魅惑背影——棕褐色长发，在脑后松松地绾了个髻儿；上身赤裸，肌肤润泽；裙裾漫飞，飘飘欲仙。老者看得呆了。她是谁？生得何等模样？在青苔点点的岁月深处，我可曾与她谋过面？这样想着，他竟忘情地举着拐杖去掀那画框。这一掀，他傻了，他没有如愿地窥见女子的玉容花貌，他只看到了画框粗劣丑陋的背面。

我仿佛听到了来自四面八方的笑声。所有的人，都在恣意嘲笑这个老者——老不修啊！你究竟想要看到什么？

其实，在某个时刻，你我都可能变身为那个老者。

魅惑的背影触目皆是。有人殷勤地将这些背影送到我们的视野之内。我们手里捏着一张门票，浏览，本是我们唯一的使命；但是，看着看着，我们就沉迷了，执拗地生出看看那背影另一面的心。就这样，好奇，使我们一次次成为别人眼中的痴汉笨伯。

说到底，世界，不也是这样一个画框吗？它吝啬地赐予我们一些美好，让我们神魂颠倒地追索着、挚爱着、感念着。我们几乎全都无师自通地获得了这样一种能耐：从攥在手中的美好，揣想，进而垂涎那打从手边滑落的美好。于是，我们不可遏抑地急着拥吻那不属于自己的美好；于是，我们毫无悬念地收割了一茬失望。

遇到她，眷注她，礼赞她，这已经很好了。节制的快乐，方为养心润心佳品。

相信吧，能够布施我们一生爱与暖的，不是画框的另一面，而是一个叫"想象"的神祇……

世界以痛吻我

如果可能，真想将自己送回岁月深处，让自己怡然倚在那个"一滴海水"事件上洒脱地唱上几首歌。

"世界以痛吻我，要我回报以歌。"这凝重的诗句，是泰戈尔的。

我不知道这两句诗的原文是怎样写的，但却觉得翻译得妙。有一回，我的一个学生发来短信，说她被至爱的人辜负得很惨，她写道："我恨他，因为他让我恨了这世界！"我连忙把泰戈尔的这两句诗发给她，并解释说，那所有以痛吻我们的，都是要我们回报以歌的；如果我们以痛报痛、以恨报恨，甚至无休止地复制、扩大那痛与恨，那我们可就蚀本了。她痛苦不堪地回复我说："可是老师，我真的是无歌可唱啊！"

——是呢，世界不由分说地将那撕心裂肺的痛强加于我，我脆弱的生命，被"痛"的火舌舔舐得体无完肤了，连同我的喉咙——那歌声的通道——也即将被舔舐得焦糊了啊！这时候，你却隔岸观火般地要我"回报以歌"，我哪里有歌可唱？

回望来路，我不也有过许多"无歌可唱"的时刻吗？

我曾经是个不会消化痛苦的人。何止是不会消化，简直就是个痛苦的"放大器"。那一年，生活给了我一滴海水，我却以为整个海洋都被打翻了，于是，我的世界也被打翻了，我浑身战栗，却哭不出来，仿佛是，泪已让恨烘干；后来，生活又给了我一瓢海水，我哭了，却没有生出整个海洋被打翻的错觉；再后来，生活兜头泼过来一盆海水，我打了个寒战，转而告诉自己，这不过是一盆海水，再凶狂，也淹没不了岸；终于有一天，生活打翻了海洋给我看，我悲苦地承受着，却没有忘了从这悲苦中抬起头来，对惦念我的人说"我没事儿，真的"……

任何人，都不可能侥幸获得"痛吻"的豁免权。"痛吻"，是生活强行赠予我们的一件狰狞礼物，要也得要，不要也得要。只是，当我站在今天的风中，回忆起那一滴被我解读成整个海洋的海水的时候，禁不住发出了哂笑。好为当年那个浑身战栗的自己难为情啊！如果可能，真想将自己送回岁月深处，让自己怡然倚在那个"一滴海水"事件上洒脱地唱上几首歌。

唱歌的心情是这样姗姗来迟。虽则滞后，但毕竟有来的理由啊！我更担忧的是，当"理由"被砍伐尽净的时候，我们的歌喉，将以怎样的方式颤动？

从不消化痛苦到消化痛苦，这一个比一个更深的悲戚足迹，记录着一个人真正长大的过程。

"世界以痛吻我，要我回报以歌。"说这话的人是个被上帝亲吻过歌喉的伟大歌者。他以自己的灵魂歌唱。而拙于歌唱的我们，愿不愿意活在自己如歌的心情之中呢——不因"痛吻"的狰狞而贬抑了整个世界；学会将那个精神的自我送到一个更高的楼台上去俯瞰今天那个被负面事件包围了的自我；不虐待自我，始终对自我保持深度好感；相信歌声的力量，相信明快的音符里住着主宰明天的神；试着教自己说：拿出勇气去改变那能够改变的，拿出胸怀去接受那不能改变的，拿出智慧去区分这两者。

不仅仅是如歌的心情，我们甚至还可以奉上自己的"行为艺术"啊！永记儿时的一个夏天，我和妹妹外出突遇冰雹，我们慌忙学着别人的样子脱掉外衣，却不约而同地去为对方头上遮挡……世界"痛吻"着太多的人，当你想到分担别人痛苦的时候，你自己的痛苦就会神奇地减淡。

盼着自己能够说：世界以痛吻我，我要（而非"要我"）回报以歌！

——天气多好哇！连花儿都想唱歌了呀！真想问问远方那个说自己"无歌可唱"的女孩：宝贝，今天可有唱歌的心情？

花有幸

你必须承认，这个世界上是有天使的。

　　暑期，单位组织大家去青岛旅游。我们乘坐一辆旅游车，跑的是高速公路。在一个县级服务区，我们的车停下来，车长招呼大家下去活动一下。

　　从空调车里下来，就像钻进了一个巨型的大火炉。我的邻座李子买来了冰淇淋，跟我说：还要等半天呢，吃吧，灭灭火！我们便站在树荫里吃起来。李子边吃边指着脚下一片披着厚厚的尘土的蔫巴花问我：你说，这是什么花？脏得都没模样了。我皱着眉头，努力辨认着那些活得彻底丧失了尊严的植物，猜测般地回答：好像是串儿红吧？咱们办公大楼后面栽的那种花？李子说：我看不像，哪有这么难看的串儿红？"串儿黑"还差不多！我说：不是串儿红那会是什么花呢？我可猜不着了。李子叹口气说：真惨，这也叫开花的生命！我也在心里叹了口气，为这蒙尘的花朵，为这蒙尘的生命。

过来了一个满头大汗的小男孩，手里拿着和我们同样牌子的冰淇淋，炎热把他赶到了这棵树下。他不是我们车上的，但显然也和我们一样乘坐长途车，在这个服务区稍事活动休息。很快，他也被脚下的那片花吸引住了，猫下腰，十分惊奇地打量着这一片脏兮兮蔫耷耷的开花的植物。看了一会儿，他就跑开了。我和李子交换了一下眼色，心照不宣地笑起来。我们的笑中包含了这样一层意思？丑陋的花朵，谁愿意在它跟前久留！

但是，我们万没想到，那个小男孩很快就又满头大汗地跑了回来。他一只手拿着冰淇淋，另一只手拿着一瓶纯净水。他站在那片花前，开始认真地用那瓶纯净水给满面灰尘的花朵"洗脸"。我和李子默默站在男孩的身后，眼看着那叶儿变绿了，花儿变红了，世界变清明了。我和李子同时确认了那花：串儿红，美丽的串儿红……

时间过去很久了，李子还经常和我提起这件事。她说：你必须承认，这个世界上是有天使的。面对一片面目全非的花朵，我们只知道叹惋讥诮，根本想不到去拯救去援手。我们想得很多，想得很复杂，我们追根溯源地探询：种花人呀，你连一棵花的本色都无力捍卫，何苦还要把一份无辜的美丽撒播到人间？我们义愤填膺地追问：是谁让这娇美的心思蒙羞？为什么不设法把侵害花朵容颜的沙尘降伏……我们作为一个匆匆而过的旅人，站在一朵被世界弄脏了的花前，头脑里起了风暴，在那短短一瞬间，我们被自己的想法感动，觉得花前的"我"很深邃、很人文。但是，一个孩子，一个透明的孩子，他或许什么都没有想，就拿出了完美的救助方案！他也只是偶然路过这里，偶然撞上了花儿黯淡的眼神，可他不允许自己坐视不顾，不允许自己面对着一片"串儿黑"心安理得地吃冰淇淋。他的纯净水，先洗净了自己的心灵，然后才洗净了花儿的颜面啊……